EDUARDO GALEANO | Geschi

P H
V

EDUARDO
GALEANO

Geschichtenjäger

Aus dem Spanischen von Lutz Kliche

Peter Hammer Verlag

ANMERKUNG DES SPANISCHEN HERAUSGEBERS

Eduardo Galeano starb am 13. April 2015. Im Sommer 2014 hatten wir *Geschichtenjäger* bis in alle Einzelheiten fertiggestellt, einschließlich der Abbildung für den Umschlag, die er, wie üblich, selbst ausgewählt hatte, die des Ungeheuers von Buenos Aires, welche diese Ausgabe ziert. Die Jahre 2012 und 2013 hatte er der Arbeit an diesem Buch gewidmet. Da er nicht bei guter Gesundheit war, beschlossen wir, die Veröffentlichung zu verschieben, um ihn vor der Unruhe zu bewahren, die eine Buchveröffentlichung für gewöhnlich mit sich bringt.

In den letzten Monaten seines Lebens beschäftigte er sich weiter mit dem, was zu seinen Lieblingsbeschäftigungen gehörte, nämlich zu schreiben und die geschriebenen Texte wieder und wieder zu bearbeiten. Er hatte ein neues Buch begonnen, für das er schon eine Anzahl Geschichten geschrieben hatte; ihm gefiel der Gedanke, es *Garabatos*, Kritzeleien, zu nennen. Als es nach seinem Tod möglich wurde, den Plan einer Veröffentlichung von *Geschichtenjäger* wieder aufzunehmen, nahmen wir auch jenes unvollendete Projekt der *Kritzeleien* noch einmal in die Hand. Wir lasen die Geschichten noch einmal und hatten das Gefühl, dass einige davon so viel mit denen aus *Geschichtenjäger* gemein hatten,

dass sie es verdient hatten, in den Band aufgenommen zu werden. Deshalb sind ungefähr zwanzig dieser *Kritzeleien* Teil dieses Buches geworden.
Mehrere von ihnen hatten den Tod zum Thema. Eduardo ist immer ein nüchterner Mensch gewesen, vielleicht bedingt durch seine walisischen Wurzeln, von denen er sich so oft loszusagen versuchte, und es war nicht seine Art, in tieftraurigem Ton über seine Krankheiten und Beschwerden zu sprechen, nicht einmal in seinen letzten Monaten. Diese Handvoll Texte schienen eine Spur dessen zu sein, was er über den Tod dachte oder sich vorstellte. Sie sind so schön und beeindruckend, dass wir beschlossen, sie in dieses Buch aufzunehmen, und um dies tun zu können, haben wir uns erlaubt, dem Originalmanuskript ein viertes Kapitel hinzuzufügen. Diesem Teil des Buches haben wir den Titel eines Textes gegeben, mit dem er den Band schließen wollte und der deshalb auch am Ende des vorliegenden Buches steht: *Ich wollte, ich will, ich würde gern.*
Außer dieser Ergänzung haben wir allen seinen Anweisungen, liebenswert und akribisch wie immer, Rechnung getragen.
Es fällt nicht leicht, den Schlusspunkt unter diese Arbeit zu setzen, bei der wir nicht allein gewesen sind. Daniel Weinberg hat wertvolle Kommentare und Gesichtspunkte beigetragen. Gabriela Vigo und das ganze Team von Siglo XXI haben mit aller notwendigen Sorgfalt an dem langen Vorlauf der Veröffentlichung gearbeitet, sicherlich

motiviert durch die besondere Zuneigung, die alle für Eduardo empfanden und empfinden.
Ich danke Helena Villagra für ihre unschätzbare Hilfe, um *Geschichtenjäger* seine endgültige Gestalt zu geben. Es war eine vergnügliche Arbeit, eine Wiederbegegnung mit einem sehr geschätzten und gleichzeitig unvermeidlich schwierigen Autor.

Carloz E. Díaz

DANKSAGUNG

Dieses Buch ist den Gefährten gewidmet, die mir halfen, es fertigzustellen: Alfredo López Austin, Mark Fried, Lino Bessonart, Carlos Díaz, Pedro Daniel Weinberg und anderen Freunden. Und vor allem und für immer, Helena Villagra.

Mühlen der Zeit

SPUREN

Der Wind verwischt die Spuren der Möwen.
Der Regen löscht die Spuren menschlicher Schritte.
Die Sonne tilgt die Spuren der Zeit.
Die Geschichtenerzähler suchen die Spuren der verlorenen Erinnerung, der Liebe und des Schmerzes, die man nicht sieht, die aber nicht verschwinden.

LOB DER REISE

Auf den Seiten von *Tausendundeiner Nacht* wird geraten: »Mach dich auf den Weg, mein Freund! Lass alles hinter dir und mach dich auf den Weg! Was nützt der Pfeil, wenn er nicht dem Bogen entflieht? Und würde die Laute so wohltönend klingen, wenn sie ein Stück Holz geblieben wäre?«

DIE FREIEN

Tagsüber führt sie die Sonne. Nachts die Sterne.
Sie zahlen keinen Fahrschein und reisen ohne Pass und ohne Zoll- und Einreiseformulare auszufüllen.
Die Vögel, die einzigen Freien in dieser Welt voller Gefangener, fliegen ohne Treibstoff, von Pol zu Pol, die Route entlang, die sie wählen, und zur Uhrzeit, die ihnen gefällt, ohne die Regierungen um Erlaubnis zu bitten, die meinen, dass ihnen der Himmel gehört.

DIE SCHIFFBRÜCHIGEN

Die Erde segelt dahin.
Sie trägt mehr Schiffbrüchige als Passagiere.
Bei jeder Fahrt sterben Tausende Verzweifelte, ohne die Reise ins gelobte Land zu vollenden, wo selbst noch die Armen reich sind und alle in Hollywood leben.
Lange dauern sie nicht, die Illusionen der Wenigen, die es bis dorthin schaffen.

DER WIND

Er verstreut die Samen, leitet die Wolken, fordert die Seefahrer heraus.
Manchmal reinigt er die Luft, und manchmal verschmutzt er sie.
Manchmal bringt der das weit Entfernte näher, und manchmal treibt er das, was nah liegt, in die Ferne.
Er ist unsichtbar und unberührbar.
Er streichelt dich und er schlägt dich.
Man sagt, er sagte:
»Ich wehe, wo ich will.«
Seine Stimme flüstert oder dröhnt, doch man versteht nicht, was er sagt.
Kündigt er an, was kommen wird?
In China nennt man die, welche das Wetter vorhersagen, *Spiegel des Winds.*

DIE REISE DES REISES

In den Ländern Asiens wird der Reis mit großer Sorgfalt angebaut. Wenn die Erntezeit kommt, werden die Halme sanft geschnitten und zu Garben gebunden, damit schlechte Winde nicht ihre Seele forttragen.
Die Bewohner der chinesischen Provinz Sichuan erinnern sich an die schlimmste Überschwemmung, die es dort je gegeben hat und je geben wird: Sie geschah in uralter Zeit und ertränkte den Reis samt seiner Seele.
Nur ein Hund konnte sich retten.
Als die Fluten schließlich sanken und die aufgewühlten Wasser sich nach und nach beruhigten, schaffte der Hund es mit großer Mühe, ans Ufer zu schwimmen.
Am Schwanz des Hundes klebte ein Reiskorn.
In diesem Korn steckte die Seele.

DER VERLORENE ATEM

Vor dem Davor, als die Zeit noch nicht Zeit war und die Welt noch nicht Welt, waren wir alle Götter.
Der Hindugott Brahma konnte die Konkurrenz nicht ertragen: Er raubte uns den göttlichen Atem und versteckte ihn an einem geheimen Ort.
Seit jener Zeit suchen wir nach dem verlorenen Atem. Wir suchen ihn am Grunde des Meeres und auf den höchsten Gipfeln der Berge.
Von ferne schaut Brahma lächelnd zu.

DIE STERNE

Am Ufer des Platte Rivers erzählen die Pawnee-Indianer von unserem Ursprung.
Niemals und nimmer kreuzten sich die Wege des Abend- und des Morgensterns.
Doch sie wollten sich kennenlernen.
Der freundliche Mond begleitete sie auf ihrem Weg zu einem Treffen, doch unterwegs warf er sie in den Abgrund und lachte nächtelang aus vollem Hals über seinen Streich.
Die Sterne ließen den Mut nicht sinken. Ihre Sehnsucht gab ihnen die Kraft, um aus der Tiefe des Abgrunds hoch in den Himmel emporzusteigen.
Dort oben umarmten sie sich so fest, dass man sie nicht mehr voneinander unterscheiden konnte.
Und aus dieser festen Umarmung entstanden wir, die Weltenwanderer.

BEGEGNUNGEN

Der schwarze Gott Tezcatlipoca, der mexikanische Gott der Nacht, schickte seinen Sohn los, um mit den musikalischen Krokodilen des Himmels zu singen.
Die Sonne wollte nicht, dass diese Begegnung stattfände, doch die verbotene Schönheit gehorchte nicht und brachte die Stimmen des Himmels und der Erde zusammen.
Und so begegneten sich die Stille und der Klang, die Poesie und die Musik, der Tag und die Nacht, die Dunkelheit und die Farben und lernten miteinander vereint zu leben.

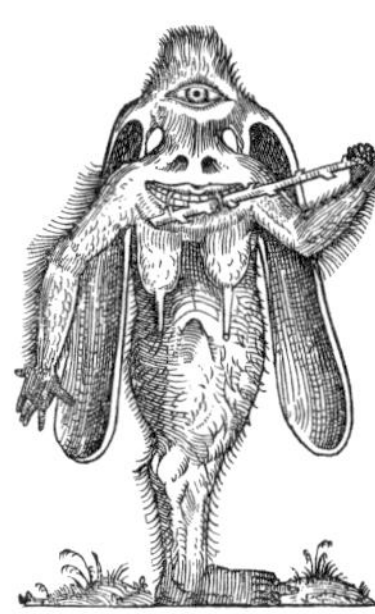

DIE NEUE WELT

Vielleicht war Odysseus, vom Wind getrieben, der erste Grieche, der den Ozean sah.
Ich stelle mir sein Staunen vor, als sein Schiff die Straße von Gibraltar passiert und sich vor seinen Augen dieses riesige Meer auftut, mit Ungeheuern, deren Rachen immer aufgerissen lauerten.
Der Seefahrer ahnte nicht einmal, dass auf der anderen Seite dieser sehr salzigen Gewässer und tobenden Stürme ein weit größeres Geheimnis lag, noch namenlos.

DIE TEUFLISCHE VIELFALT

Mitte des siebzehnten Jahrhunderts stellte der Priester Bernabé Cobo in Peru seine *Geschichte der neuen Welt* fertig.

In diesem umfangreichen Werk erklärte Cobo, weshalb das indigene Amerika so viele unterschiedliche Götter und so viele verschiedene Geschichten über die Entstehung seiner Völker zählte.

Der Grund war einfach: Die Indios waren dumm.

Doch ein Jahrhundert zuvor hatte der Schreiber Juan de Betanzos, wichtigster Berater des Eroberers Francisco Pizarro, einen anderen, viel mächtigeren Grund enthüllt: Satan selbst war es, der den Indios vorschrieb, was sie glaubten und sagten, und deshalb besaßen sie nicht nur einen einzigen Glauben, verwechselten Gut und Böse und hatten so viele unterschiedliche Meinungen und verschiedene Ideen:

»Der Teufel flüstert ihnen Tausende Illusionen und Täuschungen ein«, urteilte er.

BARBARISCHE BRÄUCHE

Den englischen Eroberern blieben vor Staunen Mund und Nase offen stehen.
Sie kamen aus einem zivilisierten Land, wo die Frauen Eigentum ihrer Ehemänner waren und ihnen gehorchten, wie es die Bibel befahl, doch in Amerika fanden sie eine Welt, die auf dem Kopf stand.
Die Frauen der Irokesen und anderer indianischer Nationen waren der Freizügigkeit verdächtig. Ihre Ehemänner besaßen nicht einmal das Recht, die Frauen zu bestrafen, die ihnen gehörten. Die Frauen hatten eigene Meinungen und eigenen Besitz, das Recht auf Scheidung und das Recht auf eine Stimme bei den Entscheidungen der Gemeinschaft.
Die weißen Eindringlinge konnten nicht mehr ruhig schlafen: Die Sitten der wilden Heidinnen waren drauf und dran, ihre eigenen Frauen anzustecken.

STUMM

Die indianischen Gottheiten waren die ersten Opfer der Eroberung Amerikas.

Die Sieger nannten ihn *Ausmerzung der Götzenanbetung*, den Krieg gegen die Götter, die zum Schweigen verurteilt worden waren.

BLIND

Wie sah uns Europa im 16. Jahrhundert?
Mit den Augen von Theodor de Bry.
Dieser Künstler aus Lüttich, der nie in Amerika gewesen war, zeichnete als Erster die Einwohner der Neuen Welt. Seine Stiche waren die bildliche Übersetzung der Chroniken der Eroberer.
Wie seine Darstellungen zeigten, war das Fleisch der europäischen Eroberer, goldbraun gegrillt, das Lieblingsgericht der amerikanischen Wilden.
Sie verschlangen Arme, Beine, Rippen und Bäuche und leckten sich danach, im Kreis um die glühenden Roste sitzend, genüsslich die Finger ab.
Doch man möge den Einwand verzeihen: Waren diese nach Menschenfleisch Hungernden wirklich Indios?
Auf De Brys Stichen waren alle Indios kahlköpfig.
In Amerika gab es keinen einzigen kahlköpfigen Indio.

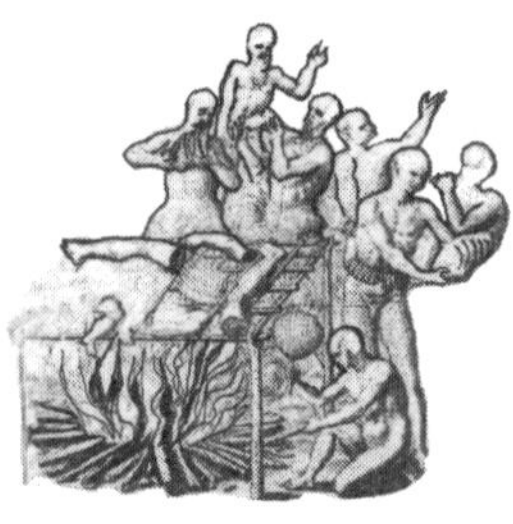

DAS UNGEHEUER VON BUENOS AIRES

So sah es, so erfand es und so nannte es der französische Priester Louis Feuillée.
Dieses Monster war eins der schrecklichen Wesen, das sein Tagebuch über seine Reisen durch Südamerika zwischen 1707 und 1712, *Reiche Satans*, illustrierte.

TAUB

Als die spanischen Eroberer zum ersten Mal den Sand der Strände Yucatáns betraten, trafen sie auf ein paar Ureinwohner.
Wie der Mönch Toribio de Benavente berichtet, fragten die Spanier sie in ihrer Sprache:
»Wo sind wir? Wie heißt dieser Ort?«
Und die Ureinwohner antworteten in der Mayasprache Yucatáns:
»Tectetán, tectetán.«
Die Spanier verstanden:
»Yucatán, Yucatán.«
Und seither trägt die Halbinsel diesen Namen.
Doch in ihrer Sprache hatten die Einwohner gesagt:
»Ich versteh dich nicht, ich versteh dich nicht.«

DIE MÄCHTIGE NULL

Vor ungefähr zweitausend Jahren wurde die Zahl Null in die Steinstehlen von Uaxactún und anderer Kultstätten der Mayas graviert.
Mit der Entwicklung dieses Schlüssels, der eine neue Ära in der menschlichen Wissenschaft einleitete, waren sie weiter vorangekommen als die Babylonier und die Chinesen. Dank der Zahl Null schufen die Mayas, Kinder der Zeit, weise Astronomen und Mathematiker, die perfektesten Sonnenkalender und waren die genauesten Propheten der Sonnenfinsternisse und anderer Naturwunder.

GEFAHR

Die Schokolade, uraltes Getränk der Indios Mexikos, sorgte für Misstrauen und sogar Panik unter den fremden Europäern.
Der Arzt Juan de Cárdenas hatte herausgefunden, dass die Schokolade Darmwinde und Melancholien hervorrief: Ihr Schaum störte die Verdauung und verursachte »furchtbare Traurigkeit im Herzen«.
Man hatte auch den Verdacht, dass sie zur Sünde anstachelte, und der Bischof Bernardo de Salazar exkommunizierte die Damen, die so unverfroren waren, während der Messe Schokolade zu trinken.
Sie jedoch ließen nicht ab von ihrem Laster.

DAS EVANGELIUM NACH COCHABAMBA

Als der Knabe die Brust seiner Mutter küsste, da quoll ein Strahl von Milch und Honig daraus hervor, doch die Brust trocknete aus, als der Vater seinen Mund darauf legte.
Und als der Vater, der kahlköpfig war, von Moskitos gestochen wurde, da streichelte der Knabe seinen Kopf, und aus dem Kopf spross ein wunderschöner Hut, aus weißem Stroh geflochten.
Und als es in der Schreinerwerkstatt keine Arbeit gab und nichts zu essen da war, da verwandelte der Knabe seinen Kot in Teigtaschen mit Käse und scharfem Hühnchenfleisch.
Und als die Familie durstig durch die Wüste wanderte und kein Wasser fand, trat der Knabe gegen einen Stein, und aus der Erde quoll ein Bächlein klaren Wassers.
Und als sie in das fruchtbare Land kamen, ließ er sich von der Erde verschlingen, und versank in der Erde und verschwand.
Und am dritten Tag kam er wieder, kam tief aus der Erde zurück und wusste alles, wusste ganz genau, was sich ereignet hatte, während er fort war.
So geschah es vor langer, langer Zeit, wie mir die Frauen und Männer der wahrhaftigen Worte im Tal von Cochabamba erzählten.

DIE ERKLÄRUNG

Der Dominikanermönch Antonio de la Huerte schrieb 1547 über die Seltsamkeiten Amerikas:
»Man könnte meinen, dem Herrn habe am Tage seiner Schöpfung die Hand gezittert.«

DIE NATUR LEHRT

Im Regenwald am Amazonas gibt die Natur Unterricht in Vielfalt.
Seine Bewohner kennen zehn verschiedene Bodenarten, achtzig unterschiedliche Pflanzenarten, dreiundvierzig Arten von Ameisen und dreihundertzehn Vogelarten auf nur einem Quadratkilometer.

WIR WAREN WANDELNDE WÄLDER

Tagtäglich verliert die Welt einen Urwald, ermordet, wenn er ein paar hundert Jahre alt und noch im Wachsen begriffen ist.
Unfruchtbare Wüsten und riesige Industrieplantagen fressen sich immer weiter in die grüne Welt und begraben sie; doch einige Völker haben die Sprache der Pflanzen zu bewahren verstanden, die es ihnen erlaubt, sich untereinander mit der Kraft der Eiche und der Melancholie der Weide zu verstehen.

DER KAPOKBAUM

In Kuba und anderen Ländern Amerikas ist der Kapokbaum der heilige Baum, der mystische Baum. Der Blitz wagt nicht, ihn anzurühren. Der Wirbelsturm genauso wenig.

Von den Göttern bewohnt, sprießt er aus der Mitte der Welt, und von dort aus reckt er seinen mächtigen Stamm, der den Himmel stützt.

Um die Arroganz des Himmels zu heilen, fragt ihn der Kapokbaum Tag für Tag:

»Auf welchen Füßen stündest du, wenn ich nicht wäre?«

DER ARUERA-BAUM

Warnhinweis für Reisende: Auf den Feldern und in den Wäldern Südamerikas hütet Euch vor einem Baum namens *Aruera*, in der indigenen Sprache *Ahué*, was so viel bedeutet wie *böser Baum*.
Es handelt sich um einen Herrn, der leicht zu kränken ist und die Beleidigungen nicht vergibt noch vergisst.
Man kann, man darf kein Zweiglein von ihm abschneiden noch unter seiner buschigen Krone schlafen, ohne ihn um Erlaubnis zu bitten. Und vor allem ist es streng verboten, an ihm vorbeizugehen, ohne zu grüßen.
Wenn es Abend ist, sagt man »Guten Tag«.
Wenn es Tag ist, sagt man »Guten Abend«.
Wer diesen Pflichten nicht nachkommt, erleidet zur Strafe Schwellungen und langes, hohes Fieber, das manchmal sogar tödlich verläuft.

MIT DEM GROSSVATER KANN ES KEINER AUFNEHMEN

Gute Nachrichten für die Alten dieser Welt: Es irren sich diejenigen, die glauben, die jungen Bäume wären die, die mehr und besseres Holz produzieren.
Man schaue sich nur die Mammutbäume an, die größten Bäume der Welt, die in Kalifornien und anderen Gegenden der Welt davon zeugen. Diese majestätischen Großväter können bis zu dreitausend Jahre alt werden und produzieren dabei immer noch zwei Milliarden Blätter. Sie widerstehen am besten sechs Monaten Schnee und Blitz und Donner, und keine Plage kann ihnen etwas anhaben.

DIE HAUT DES BUCHS

Er verschaffte und verschafft uns viel Vergnügen, erhielt selbst jedoch nur wenig oder gar keins.

Der Eunuch Ts'ai Lun, Mitglied des kaiserlichen Hofs Chinas, erfand das Papier. Das geschah im Jahr 105, nach langer Arbeit mit der Rinde des Maulbeerbaums und anderer Pflanzen.

Dank Ts'ai Lun können wir heute lesen und schreiben, dabei die Haut des Buches streicheln und spüren, dass sie unser sind, die Worte, die es uns sagt.

SYMBOLE

Im Jahr 1961, während einige internationale Experten dazu rieten, den Anbau und Konsum von Kokablättern zu verbieten, wurden im Nordosten Perus Reste von Kokablättern gefunden, die vor Tausenden von Jahren gekaut worden waren.

Das Kauen von Koka war, ist und bleibt eine gesunde Tradition in den Hochanden. Koka hilft gegen Übelkeit und Schwindel und ist das beste Heilmittel gegen verschiedene Krankheiten und Schwächezustände.

Außerdem, und das ist nicht das Unwichtigste, ist das Kokablatt ein Identitätssymbol, das nur in böser Absicht mit jener heimtückischen chemischen Manipulation verwechselt werden kann, die Kokain genannt wird.

Eine andere gefährliche chemische Manipulation, Heroin genannt, kann aus der Mohnblüte gewonnen werden.

Doch ist bis heute, wie man weiß, der Mohn in England ein Symbol für Frieden, Erinnerung und Patriotismus.

ARBEITSKRAFT

In Tijuana hörte im Jahr 2000 und etwas der Priester David Ungerfelder die Beichte eines Auftragskillers der Drogenbosse Mexikos.
Der Profi hieß Jorge, war zwanzig Jahre alt und erhielt zweitausend Dollar für jede Leiche.
Er erklärte es so:
»Ich lebe lieber fünf Jahre wie ein Star als fünfzig Jahre wie ein Narr.«
Fünf Jahre später wurde auch er zum Abschuss freigegeben.
Er wusste zu viel.
So funktioniert die internationale Arbeitsteilung im großen Geschäft mit dem Kokain: den einen geht es in die Nase und den anderen geht es ans Leben.

DIE VERBÜNDETEN VON URRAKÁ

In den Bergen von Veraguas, in Panama, führte Urraká den Widerstand der Ureinwohner an.

Viel halfen ihm dabei der Regen, der Sturm und der Donner.

Als die spanischen Eroberer vorrückten, machte der Regen ihr Schießpulver und ihre Musketen unbrauchbar. Und während der Donner donnerte und es am helllichten Tag Nacht wurde, verirrten sich die Eindringlinge und stürzten, vom heftigen Sturm geschüttelt, zu Boden geworfen.

DER SCHLEUDERSCHÜTZE

Juan Wallparrimachi Mayta, der Dichterkrieger, benutzte kein Schwert und keine Hakenbüchse.
Als Bolivien noch nicht unabhängig war und auch noch nicht so hieß, stand er an der Spitze der Brigade der Schleuderschützen, die unter dem Befehl von Juana Azurduy ihre Schlingen kreisen ließen und tödliche Steine gegen die spanischen Invasoren schleuderten.
Die Brigade griff singend an. In der Quetschua-Sprache sangen die Schützen im Chor die Gedichte von Juan, die den Frauen gewidmet waren, die sie liebten oder in die sie verliebt waren:

»Dich liebend,
dich träumend,
werd' ich sterben.«

Juan starb durch eine Kugel, auf dem Schlachtfeld. Er war einundzwanzig Jahre alt.

DIE PROPHETEN VON TÚPAC AMARU

Anfang des 18. Jahrhunderts erhob sich Ignacio Torote in den Regenwäldern Perus gegen die Eindringlinge, die gekommen waren, um Seelen und Land zu rauben. Zur selben Zeit verhinderte die Quechua-Armee von Juan Santos Atahualpa von Niederlage zu Niederlage den Vormarsch der spanischen Truppen.

Mitte des Jahrhunderts wählte, während Juan Santos Atahualpa im Sterben lag, sehr weit entfernt von seinem undurchdringlichen Urwald der junge José Gabriel Condorcanqui den Namen Túpac Amaru und führte den zahlenreichsten indigenen Aufstand der Geschichte Amerikas an.

Und von Niederlage zu Niederlage, von Rebellion zu Rebellion schreitet die Geschichte voran: Wenn sie: »Leb wohl« sagt, meint sie: »Bis bald«.

BUENOS AIRES KAM ZWEI MAL ZUR WELT

Die erste Geburt geschah im Jahr 1536.
Die Stadt, eben entstanden, starb vor Hunger.
Im Jahr 1580 entstand Buenos Aires zum zweiten Mal, dort, wo heute die Plaza de Mayo liegt.
Warum heißt das Viertel *La Matanza*, das Gemetzel, so, wie es heißt? Weil die Indios die Eindringlinge nicht willkommen hießen. Von Anfang an gab es Krieg. Die dicht bevölkerte Gegend von La Matanza wurde in Erinnerung an ein Massaker so getauft: Die Toten waren ausnahmslos Querandí-Indios.
Dem Eroberer Juan de Garay zufolge waren sie alle »verrückt gewordene Eingeborene«.

DIE ERSTE FLÖTE

Ein Jäger verlief sich einst in einem der Labyrinthe des Amazonas-Regenwalds.

Nach langem Umherirren sank er am Fuß einer Zeder zu Boden und schlief ein.

Es weckte ihn die Sonne und eine Musik, die er noch nie gehört hatte.

Da bemerkte der verirrte Jäger einen rotköpfigen Specht mit langem Hals und kräftigem Schnabel, der auf einen Ast einhämmerte.

Die Musik entstand durch den Wind, der durch die Löcher blies, die der Vogel in den Ast klopfte.

Der Jäger begriff. Und indem er den Wind und den Vogel nachahmte, schuf er die erste Flöte Amerikas.

DIE TROMMEL

Von den Küsten Afrikas reiste sie in die Hände und in das Gedächtnis der Sklaven auf den Plantagen Amerikas.
Dort wurde sie verboten. Der Schlag der Trommel entfesselte die Gefesselten und gab den zum Schweigen Verurteilten eine Stimme; und die Herren über Menschen und Ländereien wussten sehr wohl, dass diese gefährliche Musik, die die Götter herbeirief, die Rebellion ankündigte.
Deshalb schlief die heilige Trommel im Verborgenen.

WETTSTREIT DER ALTEN

Vor ein paar tausend Jahren, ein Jahr mehr, ein Jahr weniger, hielten der Jaguar, der Hund und der Kojote einen Wettstreit ab. Wer war der älteste Alte? Der Älteste sollte als Preis das erste Fressen erhalten, das sie fänden. Vom Hügel herab kam ein klappriger Karren gefahren, als von ihm eine Tüte voller Maistortillas herunterfiel.
Wem gebührte dieser Schatz?
Wer war der älteste Alte? Der Jaguar sagte, er habe den ersten Sonnenaufgang auf Erden gesehen. Der Hund sagte, er sei der einzige Überlebende der Sintflut.
Der Kojote sagte gar nichts, weil er beide Backen voll hatte.

EIN GESCHICHTENERZÄHLER HAT'S MIR ERZÄHLT

Es war einmal, es gab einmal, irgendwo im afrikanischen Urwald einen König der Löwen, der sehr verfressen und sehr herrisch war.
Der König verbot seinen Untertanen, Weintrauben zu essen:
»Nur ich darf das«, entschied er und unterzeichnete einen Erlass, der festlegte, dass sein Weintraubenmonopol dem Willen der Götter geschuldet war.
Da lief das Kaninchen ins Dickicht und machte ordentlich Lärm, indem es Zweige brach und auf Lianen schaukelte und rief:
»Der Wind ist verrückt geworden! Es kommt ein Wirbelsturm! Sogar die Elefanten werden davonfliegen!«
Dann machte das Kaninchen den Vorschlag, den König an den dicksten Baum zu binden.
Der König der Löwen rettete sich, fest angebunden, wie er war, vor dem Wirbelsturm, der niemals kam, und das Kaninchen saß unterdessen im Wald und ließ keine einzige Weintraube übrig.

SAMUEL RUIZ WURDE ZWEI MAL GEBOREN

Im Jahre 1959 kam der neue Bischof nach Chiapas. Samuel Ruiz war noch jung und von der Angst vor dem Kommunismus verfolgt, der die Freiheit bedrohte. Fernando Benítez interviewte ihn. Als Fernando die Bemerkung machte, das Recht, den Nächsten zu demütigen, hätte es nicht verdient, Freiheit genannt zu werden, warf der Bischof ihn hinaus.

Während seiner ersten Jahre als Bischof beschäftigte sich Don Samuel damit, den Indios, die zu sklavischer Unterwerfung verdammt waren, christliche Demut zu predigen.

Doch die Zeit verging, und die Wirklichkeit sprach und lehrte, und Don Samuel verstand zuzuhören.

Und nach einem halben Jahrhundert der Amtszeit als Bischof wurde er zum religiösen Arm des zapatistischen Aufstands.

Die Indigenen nannten ihn den Bischof der Armen, den Erben von Fray Bartolomé de las Casas, der während der spanischen Eroberung die Indios beschützt hatte.

Als er von der Kirchenleitung versetzt wurde, sagte Don Samuel Chiapas Adios, und er nahm die Umarmung der Mayas mit sich:

»Danke«, sagten sie ihm. »Heute gehen wir nicht mehr gebeugt.«

JOSÉ FALCIONI STARB ZWEI MAL

Im Jahre 1907 griffen die Füsiliere der argentinischen Marine, in Zweierreihe aufmarschiert, mit ihren Mausergewehren das *Haus des Volkes* in Puerto Ingeniero White an, wo die streikenden Arbeiter versammelt waren.
Um die Versammlung aufzulösen, gab der Kommandant Enrique Astorga den Befehl, scharf zu schießen.
José Falcioni, ein Bewohner des Viertels, hatte das Pech, genau in diesem Moment vorbeizukommen, und eine Kugel durchschlug seine Lunge.
Eine schweigende Menge begleitete ihn auf den Friedhof von Bahía Blanca.
Man erzählt sich, der Kommandant habe sich im Sturmschritt einen Weg durch den Menschenauflauf gebahnt und drei weitere Kugeln in die Leiche gefeuert.
Für alle Fälle.

DIE REISE DER ERDE

Die schwarze Erde Amazoniens, auch Pflanzenkohle oder Biokohle genannt, ist das Ergebnis der sehr langen und verachteten Geschichte der indigenen Regenwaldlandwirtschaft.
Diese Erde, die den Boden düngt, ohne je zu zerfallen, nährt sich von den tausend und einen Stückchen Tonscherben, die die Indigenen zerbrechen, zerkrümeln und säen, um der Erde die Töpferarbeiten zurückzugeben, die aus der Erde entstehen.
Durch diesen Akt religiöser Dankbarkeit regeneriert sich die Erde immer wieder von Zeit zu Zeit, von Hand zu Hand.

EMPÖRTE ERDE

Im Mai 2013 wurde zum ersten Mal in der Geschichte Guatemalas ein Indiomassenmörder als rassistischer Völkermörder schuldig gesprochen. Ein öffentliches Gericht verurteilte ihn zu achtzig Jahren Gefängnis.

General Ríos Montt war der Vorletzte in einer Reihe von Militärdiktatoren gewesen, die sich auf Massaker an den indigenen Mayas spezialisierten.

Kurz nach dem Urteilsspruch brach ein Erdbeben aus: Die Erde, die Mutter all dieser Ermordeten, bebte und wollte nicht aufhören zu beben.

Sie bebte vor Zorn. Sie wusste, es würde geschehen, was dann auch geschah: Der Urteilsspruch gegen den Henker wurde von den obersten Gerichten des Landes aufgehoben. Die Erde erhob sich wütend gegen die immer gleiche Straflosigkeit.

EHRUNGEN

Auf dem Santa-Lucía-Hügel, mitten im Zentrum von Santiago de Chile, erhebt sich eine Statue des indigenen Führers Caupolicán.

Caupolicán sieht eher aus wie ein Indianer aus Hollywood, und das erklärt sich so: Das Werk wurde 1869 für einen Wettbewerb zu Ehren von James Fenimore Cooper geschaffen, dem Autor des Romans *Der letzte Mohikaner.*

Die Skulptur gewann den Wettbewerb nicht, und dem Mohikaner blieb nichts anderes übrig, als das Land zu wechseln und so zu tun, als sei er Chilene.

ANDRESITO

José Artigas, der Vater der ersten Agrarreform ganz Amerikas, weigerte sich zuzulassen, dass die Unabhängigkeit zu einem Angriff auf die ärmsten Kinder dieser Landstriche würde. Und er schockierte die Kolonialgesellschaft, als er den Indio Andresito Guacurarí zum Gouverneur und Kommandanten ernannte.

Bevor er von zwei Sklavenhalterreichen und drei verräterischen Hafenstädten besiegt wurde, erhielt Artigas die Nachricht vom Tod Andresitos, der im Kampf gefallen war. Nichts bereitete ihm je einen größeren Schmerz. Andresito, sein auserwählter Sohn, war der Mutigste und Verschlossenste seiner Soldaten gewesen. Ein schweigsamer Indio, der durch seine Taten sprach.

DIE CHARRÚA-FAUST

Im Jahr 1832 wurden die wenigen Charrúa-Indios, die die Niederlage von Artigas überlebt hatten, eingeladen, ein Friedensabkommen zu unterzeichnen, und der Präsident Uruguays, Fructuoso Rivera, versprach ihnen, dass sie Land bekommen würden.

Als die Charrúas gut gegessen und getrunken und sich schlafen gelegt hatten, traten die Soldaten in Aktion. Sie schnitten den Indios die Kehlen durch, um keine Kugeln zu verschwenden, und um keine Zeit mit dem Beerdigen zu verlieren, warf man sie in das Flüsschen Salsipuedes, zu Deutsch *Rette sich wer kann*.

Die offizielle Geschichtsschreibung nannte sie *Schlacht*, diese Falle. Und immer, wenn wir Uruguayer im Fußball einen Pokal gewinnen, feiern wir den Sieg der *Charrúa-Faust*.

DIE REISE DES KAFFEES

Auf der Überfahrt über das Meer sang der Lotse John Newton fromme Hymnen, während er die Schiffe voller angeketteter Sklaven leitete:
»Wie süß klingt der Name Jesu …«
Die Kaffeepflanze war zum ersten Mal vor Millionen von Jahren in Äthiopien gesprossen, geboren aus den schwarzen Tränen des Gottes Waka.
Vielleicht beweinte der Gott das Unglück, das der Kaffee, genau wie der Zucker, über die Millionen von Sklaven bringen würde, die aus Afrika geraubt werden und ihr Leben im Namen eines anderen Gottes auf den Plantagen Amerikas aushauchen würden.

CAFÉS MIT GESCHICHTE

Im Café *El Cairo*, das nicht in Ägypten, sondern in der argentinischen Stadt Rosario steht, hat Roberto Fontanarrosa, der Schriftsteller und Zeichner, seinen besonderen Tisch. Er starb schon vor Jahren, ist aber immer anwesend. Dabei begleiten ihn immer sein Hund Mendieta und sein Freund Inodoro Pereyra.

Im Café *Tortoni* in Buenos Aires wurde die erste Künstler- und Schriftstellervereinigung Argentiniens gegründet.

Die brasilianische Akademie für Literatur traf sich unter Vorsitz des Romanciers Machado de Assis im Café Colombo in Rio de Janeiro.

Im Café *Paraventi*, in São Paulo, träumten Olga Benario und Luiz Carlos Prestes von der brasilianischen Revolution.

Während ihres Exils in Wien diskutierten Trotski und Lenin im Café Central über die Revolution in Russland.

Einige Meisterwerke des portugiesischen Dichters Fernando Pessoa wurden im Café *A Brasileira* in Lissabon geschrieben.

Während das 20. Jahrhundert anbrach, eröffnete Pablo Picasso die erste Ausstellung seiner Werke im Café *Els Quatre Gats*, Die Vier Kater, in Barcelona.

Im Jahre 1894 warf der Schriftsteller Ferenc Molnár in Budapest die Schlüssel des Cafés *New York* in die Donau, damit niemand jemals die Türen zusperren könne.

Im Jahre 1898 schrieb Émile Zola sein berühmtes Plädoyer *J'accuse …!* im *Café de la Paix* in Paris.

Im Jahre 1914 wurde im *Café du Croissant* in Paris der Sozialist Jean Jaurès ermordet, der allen Kriegen den Krieg erklärt hatte.
Das Café *Riche* in Kairo war 1919 das Zentrum des ägyptischen Aufstands gegen die britische Besatzung.
Im Jahre 1921 wurde in Chicago das *Sunset Café* eröffnet, wo Louis Armstrong und Benny Goodmann die Flügel ihrer Musik ausbreiteten.

STRAHLENDER VORMITTAG

Es gab nie gesehene Fische, Pflanzen aus keinem Garten, Bücher aus unmöglichen Buchhandlungen.
Auf dem Flohmarkt in der Tristán-Narvaja-Straße in Montevideo gab es Berge aus Früchten und Täler voller Blumen und es gab Gerüche aller Schattierungen. Es gab musizierende Vögel und tanzende Menschen und es gab Prediger des Himmels und der Erde, die auf Bänkchen stehend ihre Endzeitbotschaft schrien. Die Himmelsprediger verkündeten, die Stunde der Auferstehung sei gekommen; die der Erde kündigten den Aufstand an.
Da gab es welche, die gingen zwischen den Verkaufsständen einher und boten dabei ein Huhn feil, das sie wie einen Hund an einer Leine spazieren führten; und es gab einen, der verkaufte einen Pinguin, der aus dem ewigen Schnee des Südens aus Versehen an unseren Stränden gelandet war.
Es gab lange Reihen gebrauchter Schuhe mit Stupsnasen und offenen Mündern. Die Schuhe wurden als Paare und auch einzeln verkauft, Einzelschuhe für Leute mit nur einem Fuß. Es gab gebrauchte Brillen, gebrauchte Schlüssel, gebrauchte Gebisse. Die Gebisse lagen in einer großen Schüssel mit Wasser. Der Kunde steckte den Arm hinein, wählte aus und schlug die Kiefer aufeinander: Wenn das Gebiss nicht gut saß, warf er es in die Schüssel zurück.
Es gab Kleider zum schick Anziehen und Kleider zum schick Ausziehen, und es gab Medaillen von Sportlern und von Generälen und Uhren, die die Zeit zeigten, die man

wollte. Und es gab Freunde und Liebhaber, die man traf, ohne zu wissen, dass man sie gesucht hatte.
Fest der Erinnerung, und des nächsten Sonntagvormittags.

DIE HÄNDE DER ERINNERUNG

In Sankt Petersburg erfuhr ich, als es noch Leningrad hieß, die Geschichte der Auferstehung der Stadt. Sie war von den Truppen Hitlers ermordet worden, zwischen 1941 und 1944. Nach neunhundert Tagen ständigen Beschusses und unerbittlicher Belagerung war sie eine riesige, von Gespenstern bewohnte Ruine, diese Stadt, die die Königin des Baltikums gewesen war, Hauptstadt des russischen Zarenreiches und Wiege der kommunistischen Revolution.

Zwanzig Jahre nach dieser Tragödie konnte ich mich davon überzeugen, dass die Stadt wieder zu der geworden war, die sie einst gewesen war.

Ihre Einwohner hatten sie neu gegründet, Stückchen für Stückchen, Tag für Tag. Die Pläne für den Wiederaufbau entstanden aus Fotos, Zeichnungen, alten Zeitungschroniken und den Zeugnissen der Bewohner jedes Stadtviertels. Die Stadt war neu geboren worden, aus der Erinnerung ihrer Menschen.

DIE ERINNERUNG IST KEINE VOM AUSSTERBEN BEDROHTE ART

Die mexikanischen Campesinos, die im *Netzwerk zur Verteidigung des Mai*s zusammengeschlossen sind, beantworten Fragen:
»Die Erinnerung ist unser wichtigstes Saatgut. Weil wir den Mais nicht mehr genügend lieben, haben wir vergessen, woher wir kommen.«
Eine Frau aus dem Süden von Veracruz, auch sie eine Genossin im Netzwerk, sagt:
»Zu viel Pflanzenschutzmittel, zu viel Unkrautvernichtungsmittel, zu viel Kunstdünger, und die Erde wird krank. Die Erde wird drogensüchtig bei so viel Chemie.«
Und eine weitere sagt:
»Es stirbt uns die Vielfalt. Das Maisfeld ist nicht mehr wie früher, als wir neben dem Mais Bohnen, Chilischoten, Tomatillos, Kürbis anbauten …«
Ein alter Sämann, der das alte Wissen des Landlebens vermisst, zieht den Schluss:
»Wir verstehen es nicht mehr, die Zeichen des Regens zu lesen, der Sterne, der Reinheit der Luft …«

SAAT DER IDENTITÄT

Mitte des Jahres 2011 schlossen sich in Peru mehr als fünfzig Organisationen zur Verteidigung der dreitausendzweihundertfünfzig verschiedenen Kartoffelsorten zusammen. Diese Vielfalt, Erbe von achttausend Jahren bäuerlicher Kultur, ist heute bedroht durch die Invasion genmanipulierten Saatguts, die Macht der Monopole und die Monotonie der Anbauflächen.

Paradoxe Welt diese Welt, die dich im Namen der Freiheit einlädt, zwischen dem Gleichen und dem Gleichen zu wählen, bei Tisch und beim Fernsehen.

DIE GOTTESGABE

Tunupa, der Vulkan, der Gott des Blitzes, der den Regen ruft, herrscht über die Hochebene der Anden.
Zu seinen Füßen erstreckt sich die endlose weiße Ebene, die wie schneebedeckt wirkt, doch aus Salz besteht, und um sie herum blühen die Quinoa-Felder.
»Ich bringe euch die Quinoa, als Trost für die Verzweifelten«, sagte, so heißt es, der Vulkan.
Und er schenkte den Indigenen diese winzigen Quinoa-Samen, mit denen die Aymaras und die Quechuas sich vor dem Hunger schützen und der gleißenden Sonne und dem Raureif widerstehen.

GEDÄCHTNISSCHWUND

Nicolae Ceauşescu herrschte mehr als zwanzig Jahre lang in Rumänien als Diktator.

Es gab keine Opposition gegen ihn, denn die Bevölkerung war in den Gefängnissen und auf den Friedhöfen beschäftigt, doch alle hatten das Recht, hemmungslos den pharaonenhaften Denkmälern Beifall zu zollen, die er zur eigenen Ehre durch unbezahlte Arbeiter errichten ließ.

Das Recht, Beifall zu zollen, wurde auch von so hoch angesehenen Politikern wie Richard Nixon und Ronald Reagan ausgeübt, die gute Freunde von ihm waren, und vom Internationalen Währungsfonds und der Weltbank, die Geldströme und Lobeshymnen auf diese kommunistische Diktatur niederregnen ließen, die anstandslos ihren Anordnungen Folge leistete.

Um seine absolute Macht angemessen zu zelebrieren, ließ sich Ceauşescu ein Zepter aus Elfenbein anfertigen, und er verlieh sich selbst den Titel eines *Volksführers.*

Wie es gute Sitte war, widersetzte sich ihm niemand.

Doch nur kurze Zeit später brach der Sturm des Volkszorns los und die Erschießung Ceauşescus war eine Zeremonie des kollektiven Exorzismus.

Und da wurde plötzlich der Beste aller Guten, der Liebling der Mächtigen der Welt, zum bösen Buben der Geschichte.

So geht das eben manchmal.

MONSTER GESUCHT

Der heilige Columban ruderte einmal auf dem Loch Ness, als das Monster, eine riesige Schlange mit weit aufgerissenem Rachen, sein Boot verschlingen wollte. Der heilige Columban hatte überhaupt keine Lust, verspeist zu werden und bannte das Monster, indem er das Kreuz schlug, worauf das Monster floh.

Vierzehn Jahrhunderte später fotografierten Anwohner der Gegend, die zufällig eine Kamera um den Hals trugen, das Monster, und seine Pirouetten wurden in den Zeitungen von Glasgow und London veröffentlicht.

Dann stellte sich heraus, dass das Monster eine Puppe war, und dass seine Spuren von den Füßen eines Nilpferdbabys stammten, die als Aschenbecher verkauft worden waren.

Die Enthüllungen konnten die Touristen nicht abschrecken.

Die Nachfrage nach Monstern belebt den Markt der Angst.

MEINE DAMEN UND HERREN!

Hereinspaziert! Hereinspaziert! Lassen Sie sich das nicht entgehen!

Die Menschenzoos waren 1874 vom deutschen Unternehmer Carl Hagenbeck gegründet worden und hatten sich in fast ganz Europa erfolgreich verbreitet.

Um nicht zurückzustehen, stellte fünfundsechzig Jahre später die *Sociedad Rural Argentina*, die ländliche argentinische Gesellschaft, ihr eigenes Schauspiel auf die Beine. Auf demselben Gelände, wo das beste Rindvieh des Landes ausgestellt wurde, kaufte das Publikum Fahrscheine für eine Reise in die Vorgeschichte und bestaunte ein paar fast nackte indigene Macás, die man aus dem Chaco entführt hatte.

LASS UNS EINEN AUSFLUG MACHEN!

Ende des 19. Jahrhunderts unternahmen die Einwohner Montevideos sonntags gern ihren Lieblingsausflug: einen Besuch im Gefängnis oder im Irrenhaus.
Beim Betrachten der Gefangenen oder der Verrückten fühlten sich die Besucher sehr frei und sehr vernünftig.

AUSLÄNDER

In einer Zeitung im Raval-Viertel von Barcelona schrieb eine unbekannte Hand:

Dein Gott ist Jude, deine Musik ist schwarz, dein Auto ist aus Japan, deine Pizza aus Italien, dein Gas aus Algerien, dein Kaffee aus Brasilien, deine Demokratie aus Griechenland, deine Zahlen arabisch, deine Buchstaben lateinisch.

Ich bin dein Nachbar. Und mich nennst du Ausländer?

ÄSOP

Lilian Thuram, Urenkel von Sklaven auf der Insel Guadeloupe, fragte seinen jüngsten Sohn:
»Wie sieht Gott aus?«
Der Junge antwortete ohne zu zögern:
»Gott ist weiß.«
Thuram war ein großer Fußballspieler, Europameister und Weltmeister, doch diese Antwort änderte sein Leben.
An diesem Tag beschloss er, den Fußballplatz zu verlassen und seine besten Energien der Aufgabe zu widmen, dabei mitzuhelfen, die Würde der Schwarzen in der Welt zurückzugewinnen.
Er klagte den Rassismus im Fußball und im Schulunterricht an, wo er den Kindern, die nicht die Kinder der Herren sind, ihre Vergangenheit wegnimmt.
Die kollektive Erinnerung war eine unaufhörliche Entdeckung, die ihm die Augen öffnete. Der Weg der Offenlegung des Verborgenen war voller Zweifel und weniger Gewissheiten, doch das ließ ihn den Mut nicht verlieren.
Indem er sich auf alte, vergessene Forschungen stützte, wies er nach, dass Äsop gut und gerne schwarz gewesen sein konnte, ein Nubiersklave, und erinnerte daran, dass es in Ägypten schwarze Pharaonen gab und im Kongo hunderte Volkstempel, in denen die schwarze Jungfrau verehrt wurde, obwohl die Kirche behauptete, sie sei nicht schwarz: Die Jungfrau sah nur wegen des Rauchs des Weihrauchs so aus, und wegen der Sünden der Ungläubigen.

EINE FABEL AUS DER ZEIT ÄSOPS

Eine alte Frau entdeckte auf dem Boden einen leeren, geborstenen Tonkrug.
Von dem Tonkrug hatte nur das Aroma des guten Weins aus Palermo heil überlebt.
Ein ums andere Mal roch sie mit wachsendem Genuss an den Resten dieser feinen Töpferarbeit.
Und nach langem Riechen widmete sie dem Wein, den der Krug enthalten hatte, dieses Lob:
»Wenn dies deine Spuren sind – wie mögen da deine Schritte gewesen sein.«

WENN ES IM LAROUSSE STEHT…

Im Jahre 1885 veröffentlichte Joseph Anténor Firmin, schwarz, Haitianer, in Paris ein Buch von mehr als sechshundert Seiten unter dem Titel: *Über die Gleichheit der menschlichen Rassen*.

Das Buch fand kaum Verbreitung noch Resonanz. Es stieß auf nichts anderes als Schweigen. Zu jener Zeit war noch Gesetz, was im Larousse-Lexikon stand, das die Sache so erklärte:

»Bei der schwarzen Rasse ist das Gehirn weniger entwickelt als bei der weißen Rasse.«

SO ENTSTAND LAS VEGAS

So um das Jahr 1950 war Las Vegas wenig mehr als nichts. Seine Hauptattraktion bestand in den Atompilzen, die das Militär in der Nähe erprobte und die dem ausschließlich weißen Publikum ein Schauspiel boten, das es von den Terrassen aus betrachten konnte. Und das ausschließlich weiße Publikum zogen auch die schwarzen Künstler, die großen Stars des Gesangs, an.
Louis Armstrong, Ella Fitzgerald und Nat King Cole wurden gut bezahlt, doch sie konnten nur durch die Personaleingänge ein- und ausgehen. Und als Sammy Davis Junior einmal in den Swimming Pool sprang, ließ der Hoteldirektor sofort das ganze Wasser wechseln.
Und so ging das, bis 1955 ein Millionär in Las Vegas das eröffnete, was er »das erste gemischtrassische Casino-Hotel der Vereinigten Staaten« nannte. Der legendäre Boxer Joe Louis hieß inzwischen Gäste willkommen, die weiß oder schwarz waren; und so begann Las Vegas, Las Vegas zu sein.
Die Herren des Dorfes, das sich in das luxuriöseste Plastikparadies überhaupt verwandelte, blieben auch jetzt Rassisten, aber sie hatten verstanden, dass der Rassismus kein gutes Geschäft war. Schließlich und endlich sind die Dollars eines reichen Schwarzen genauso grün wie alle anderen.

WIEDERHOLEN SIE DEN BEFEHL BITTE NOCH MAL

In unseren Tagen gibt die weltweite Diktatur des Marktes eher widersprüchliche Befehle:

Schnall dir den Gürtel enger und lass die Hosen runter.

Die Anweisungen, die von hoch oben aus dem Himmel kommen, sind auch nicht viel logischer, das muss man fairerweise sagen. In der Bibel *(Exodus 20)* befiehlt Gott:

Du sollst nicht töten.

Schon im nächsten Kapitel *(Exodus 21)* befiehlt derselbe Gott das Töten aus fünf verschiedenen Gründen.

DER THRON AUS GOLD

Wie man sich auf dem griechischen Olymp erzählt, verbissen sich einmal Zeus, Gott aller Götter, und seine Frau Hera in einen Ehestreit, einen dieser Kräche, die dich hundert Jahre altern lassen; und der Streit wurde immer schlimmer, als ihr Sohn Hephaistos auftauchte, der gar nicht zu dieser Schlacht eingeladen war, und für seine Mutter Partei ergriff.

Von seinem Vater hinausgeworfen, landete Hephaistos auf der Erde.

In irgendeiner Grotte fand er Unterschlupf, und dort praktizierte er das Schmiedehandwerk.

Sein Meisterstück widmete er Mama.

Es war ein Thron aus Gold, der nur einen Nachteil hatte: Er verfügte über Ketten, die denjenigen für immer fesselten, der sich auf ihm niederließ.

KLEINER ILLUSTRIERTER DIKTATOR

Der Mann, der die meisten Bücher verbrannte, der die wenigsten Bücher las, war der Besitzer der größten Bibliothek Chiles.

Augusto Pinochet hatte Tausende und Abertausende Bücher zusammengetragen, mit Hilfe der öffentlichen Gelder, die er sich für private Zwecke angeeignet hatte.

Er kaufte Bücher, um sie zu besitzen, nicht um sie zu lesen. Immer mehr Bücher: Es war wie das Anhäufen der Dollars auf seinen Konten bei der Riggs Bank.

In der Bibliothek gab es achthundertsiebenundachtzig Werke über Napoleon Bonaparte, alle prachtvoll eingebunden, und die Büsten seines Lieblingshelden standen ganz vorn in den Regalen.

Alle Bücher trugen den Eigentumsstempel von Pinochet, sein Exlibris: eine Allegorie der Freiheit mit Flügeln und einer Fackel in der Hand.

Die Bibliothek, die den Namen *Präsident Augusto Pinochet* trug, wurde an der Kriegsakademie der chilenischen Armee vererbt.

KLEINER UNBESIEGBARER DIKTATOR

Töten war ein Vergnügen, und da machte es wenig aus, ob das Opfer ein Reh, eine Ente oder ein Republikaner war. Doch die Rebhühner waren die Spezialität des Jägers Francisco Franco.

An einem Tag im Oktober 1959 schoss der Generalissimus viertausendsechshundert Rebhühner und stellte damit seinen eigenen Rekord ein.

Die Fotografen verewigten diesen siegreichen Feldzug. Zu Füßen des Siegers lagen seine Trophäen, sie bedeckten den Boden der ganzen Erde.

DER EINSCHÜCHTERER

In den Jahren 1975 und 1976, vor und nach dem Militärputsch, der die Brutalste aller argentinischen Diktaturen an die Macht brachte, hagelte es Morddrohungen und es verschwanden im Nebel des Terrors diejenigen, die des Denkens verdächtigt wurden.
Orlando Rojas, ein Paraguayer im Exil, nahm in Buenos Aires den Hörer ab.
Eine Stimme wiederholte, was sie schon seit Tagen sagte:
»Hiermit teile ich Ihnen mit, dass Sie sterben werden.«
»Und Sie etwa nicht?«, fragte Orlando.
Der Einschüchterer legte sofort auf.

DAS FEGEFEUER

Im August 1936, mitten im Krieg gegen die spanische Republik, wurde der Generalissimus Francisco Franco von dem nordamerikanischen Journalisten Jay Allen interviewt.

Franco sagte, sein Sieg sei nahe, der Krieg des Kreuzes und des Schwerts:

»Wir werden ihn um jeden Preis erringen«, bekräftigte er.

»Da werden Sie halb Spanien umbringen müssen«, meinte der Journalist.

Darauf Franco:

»Ich habe gesagt, um jeden Preis.«

Die Säuberer arbeiteten in Begleitung von Priestern als Beichtväter und Feldkaplane. Es ging darum, Spanien von Ratten, Wanzen und Bolschewisten zu befreien.

VERSCHLOSSENE TÜREN

Im August 2004 geriet in Asunción in Paraguay ein Einkaufszentrum in Brand.
Es gab dreihundertsechsundneunzig Tote.
Die Ausgänge waren verschlossen, damit niemand entkam, ohne zu bezahlen.

UNSICHTBAR

Im November des Jahres 2012 verbrannten bei einem Feuer in Bangladesch hundertzehn Arbeiterinnen und Arbeiter bei lebendigem Leib. Sie schufteten in den so genannten *sweatshops*, Schweißwerkstätten, ohne irgendwelche Sicherheit und ohne Rechte.

Wenig später, im April des folgenden Jahres, verbrannten in anderen *sweatshops* von Bangladesch durch ein anderes Feuer eintausendeinhundertsiebenundzwanzig Arbeiterinnen und Arbeiter bei lebendigem Leib.

Sie waren alle unsichtbar, so wie auch immer noch die Sklaven vieler anderer Orte der globalisierten Welt unsichtbar sind.

Ihre Löhne, ein Dollar pro Tag, sind ebenfalls unsichtbar.

Sehr gut sichtbar sind hingegen die für viele unbezahlbaren Preise der Kleidung, die ihre Hände für Walmart, JCPenney, Sears, Gap, Benetton, H&M … produzieren.

DER ERSTE STREIK

Er brach im Tal der Könige in Ägypten aus, am 14. November des Jahres 1152 vor Christus.
Die Teilnehmer des ersten Streiks in der gesamten Geschichte der Arbeiterbewegung waren die Steinmetze, Zimmerleute, Maurer und Zeichner, die die Pyramiden bauten, und die die Arbeit niederlegten, bis man ihnen den Lohn auszahlte, den man ihnen schuldete.
Die ägyptischen Arbeiter hatten schon zuvor das Streikrecht erkämpft. Und sie bekamen auch gratis medizinische Versorgung bei Arbeitsunfällen.
Bis vor kurzem wussten wir nichts oder fast nichts darüber.
Vielleicht aus Angst davor, dass das Beispiel Schule machen könnte.

DER WINDBRECHER

Thomas Müntzer führte im Jahre 1525 in Deutschland den Aufstand der Bauern an.
Diesem Priester, Feind der Fürsten und der Herren der Erde und des Krieges folgte eine Menge aus Menschen, die sich weigerten, das Eigentum anderer Menschen zu sein.
Luther verfluchte diesen völlig Verrückten, seinen abtrünnigen Sohn:
»Ich würde nicht an Müntzer glauben, selbst wenn er den Heiligen Geist samt Federn und allem Drum und Dran verspeist hätte.«
Und Müntzer antwortete:
»Ich würde nicht an Luther glauben, selbst wenn er hunderttausend Bibeln verschluckt hätte.«
Die Revolution besetzte Ländereien, zündete Schlösser an und widerstand dem Heer der Feudalherren und dem hohen Klerus, doch nach einem Jahr wurde sie besiegt.
Die Sieger töteten Tausende aufständische Knechte und schlugen Müntzer den Kopf ab, der als abschreckendes Beispiel auf dem Marktplatz der Freien Reichsstadt Mühlhausen aufgespießt wurde.

ECHOS

Um die Mitte des 17. Jahrhunderts entstanden in England vielerorts bäuerliche Gemeinschaften und forderten mit ihrem Überleben die allmächtige Herrschaft des Adels heraus.

Die Jahrhunderte sind vergangen, und immer noch hört man das Echo der Worte, die einer der Begründer der Gemeinschaften, Gerrard Winstanley, sagte und aufschrieb:

Wir haben begonnen, unser Leben und Sterben selbst zu gestalten.

Wir suchen das Paradies nicht im Himmel. Das Paradies lässt sich überall in der materiellen Welt finden.

Vater ist der Geist der Gemeinschaft, und Mutter ist die Erde.

Am Anfang der Zeit schuf Gott die Welt. Er sagte nicht ein einziges Wort, mit dem er einem Teil der Menschheit das Recht zugestand, über die anderen zu herrschen.

Als das Privateigentum erfunden wurde, entstanden die sozialen Klassen, in Gesellschaften, wo die Mehrheit in Knechtschaft oder Sklaverei für die Minderheit arbeitet, die die Erde und die Güter, die sie produziert, allein für sich beansprucht.

In der freien Gemeinschaft werden die Frauen die Männer heiraten, die sie heiraten wollen.

Die Wunder der Natur werden allen zugänglich sein, nicht nur den Professoren. Das Wissen wird die Welt bedecken wie das Wasser die Meere.

IST DIE ORDNUNG WIEDER HERGESTELLT?

Die streikenden Arbeiter hatten das Verbrechen begangen, die Stadt Guayaquil zu besetzen, ohne einen einzigen Schuss abzufeuern, und hatten sie ein paar Tage des Jahres 1922 lang regiert, Tage eines Friedens, wie man ihn in der Gegend noch nie erlebt hatte. Die zum Gehorchen Geborenen hatten den Platz besetzt, den Gott für die reserviert hielt, die zum Herrschen geboren waren; und das gehört sich nicht. Der Präsident von Ecuador gab den Befehl, »die Ordnung wieder herzustellen, koste es, was es wolle.«

Und dann wurde verkündet, dass die Ordnung wieder hergestellt sei.

Doch jedes Jahr im November kehren die Kreuze in den Río Guayas zurück. Es sind die solidarischen Kreuze, die damals im Wasser schwammen und die Arbeiter begleiteten, die auf Befehl des Präsidenten ermordet und in den Fluss geworfen worden waren.

VEREINIGTE NESTER

Vielleicht sind die gegenseitige Hilfe und das gemeinschaftliche Bewusstsein keine Erfindung des Menschen.
Vielleicht sind die Wohnungsbaugenossenschaften, mal als Beispiel genommen, von den Vögeln inspiriert.
Im Süden Afrikas und an anderen Orten tun sich seit jeher Hunderte von Vogelpaaren zusammen, um sich im Interesse von allen die Arbeit aller zu teilen und Nester zu bauen. Sie beginnen damit, indem sie ein großes Dach aus Stroh weben, und unter diesem Dach baut jedes Paar sein eigenes Nest, das sich mit den anderen zu einem großen Block von Apartments verbindet, die bis in die höchsten Äste der Bäume hinaufklettern.

DIE ANDERE SCHULE

Ernesto Lange wuchs auf dem Land bei San José auf, in Uruguay.

Die Spatzen begleiteten ihn seine ganze Kindheit hindurch. Wenn es Abend wurde, versammelten sich Tausende Spatzen in den Kronen der Bäume und tschilpten gemeinsam: tschilpend sagten sie der untergehenden Sonne Adios, und wenn es Nacht wurde, tschilpten sie immer noch.

Sie waren nicht besonders hübsch, diese Spatzen, doch klang er wunderschön, der Chor, der Tag für Tag zusammenkam, um zu singen und damit der Sonne Dank zu sagen, die ihnen Wärme und Licht geschenkt hatte.

Ernestos Geschichte ließ mich an etwas denken, das ich vor vielen Jahren in einem Park von Gijón, in Spanien, entdeckt hatte: Die Pfauen, Vögel von überwältigender Schönheit, breiteten dort in großer Einsamkeit ihren Fächer bunter Federn aus, stießen dabei Schreie aus und beweinten so, ohne Gesellschaft zu suchen, ihr Alleinsein, während die Nacht größer wurde und der Tag dahinging.

DIE KÄMPFERIN

Nina de Campos Melo, Enkelin von Sklaven, kam im Jahre 1904 zur Welt.

Von ihrem zwölften Lebensjahr an musste sie sich um ihre fünf jüngeren Geschwister kümmern.

Ihre dunkle Hautfarbe half ihr nicht gerade dabei, in der Stadt São Paulo Arbeit zu finden, doch schaffte sie es irgendwie, in verschiedenen Haushalten zu putzen und zu kochen, von Sonnenaufgang bis Sonnenuntergang und mit den Kindern auf dem Rücken.

Sie war zwanzig, als sie zur Präsidentin der Gewerkschaft der Hausangestellten gewählt wurde.

Von da an kümmerte sie sich darum, den Frauen zu helfen, die wie sie selbst zu lebenslangem Dienstbotendasein verurteilt waren.

Mit fünfundachtzig starb sie.

Bei ihrer Beerdigung gab es keine Reden.

Alle ihre Genossinnen waren da. Und verabschiedeten sie mit Gesängen.

DIE SCHNEIDERIN

Sie nähte die besten Mieder, Westen, elegante Rüstungen gegen die Kälte. In der ganzen Stadt La Paz gab es niemand, der es mit ihr in Qualität und gutem Geschmack aufnehmen konnte, bei allen Kleidern, die sie schuf.
Doch die Meisterschaft von Simona Manzaneda ging noch viel weiter. Diese Schneiderin mit zarten Händen und sanfter Stimme engagierte sich gegen die Kolonialherrschaft. Zwischen ihren geschickt genähten Tüchern und den Falten ihrer vielen Röcke versteckte sie Landkarten, Anweisungen und Botschaften, die zur Freiheit dieses Landes, das heute Bolivien heißt, eine Menge beitrugen. Simona schneiderte und konspirierte, bis sie verraten wurde.
Man schnitt ihr die Zöpfe ab und rasierte ihr den Kopf und trieb sie nackt auf dem Rücken eines Esels über den Hauptplatz der Stadt. Und erschoss sie von hinten, nachdem man ihr fünfzig Peitschenhiebe verabreicht hatte.
Keinen einzigen Klagelaut ließ sie hören. Sie wusste, dass sie nicht zufällig starb.

DIE GEFÄHRLICHE

Im November 1976 überfiel die argentinische Militärdiktatur das Haus von Clara Anahí Mariani und ermordete ihre Eltern.

Nie wieder hat man etwas von ihr gehört, obwohl sie seither in den Akten der Staatsschutzabteilung der Polizei der Provinz Buenos Aires geführt wird, in dem Bereich, der den *subversiven Delinquenten* vorbehalten ist.

Auf ihrer Karteikarte steht:

»Extremistin.«

Als man sie so klassifizierte, war sie drei Monate alt.

DAS AUGE DES HERRN

Zur Zeit von Al Capone genoss das Ausspionieren anderer kein hohes Ansehen, weil es die Freiheit und die Privatsphäre der Bürger der Vereinigten Staaten verletzte. Jahre später ist das Ausspionieren zur patriotischen Pflicht geworden.
Heute begrüßen es fast alle, denn es richtet sich gegen die Subversiven, die sich auf die Menschenrechte berufen, um dem internationalen Terrorismus zu dienen, so wie es der Fall bei einigen verdächtigen Freunden des Autors dieses Buches ist.

BEWUNDERNSWERTE HELDEN, UNERWÜNSCHTE GÄSTE

Zu Beginn des 19. Jahrhunderts verbargen die Anführer des Unabhängigkeitskampfes von Chile nicht ihre Bewunderung für den indigenen Widerstand, der für die spanischen Eroberer nur schwer zu brechen gewesen war. Die ersten antikolonialistischen Gruppen identifizierten sich mit den Mapuche-Kriegern Caupolicán und Lautaro. Doch ein paar Jahre später bejubelten die wichtigsten Zeitungen schon den Krieg gegen die Indios, die sie *unerwünschte Gäste des chilenischen Vaterlands* nannten.
Heute nennt man sie Terroristen, weil sie das Verbrechen begehen, das Land zu verteidigen, das man ihnen raubt.

BLUTEGEL

Über mehrere Jahrhunderte zählten diese kleinen Vampire zu den wichtigsten Importartikeln der europäischen Länder.

Die Ärzte glaubten, dass die Blut saugenden Egel bei der Heilung von Kranken halfen.

Es ist noch gar nicht so lange her, da wandte man den gesunden Menschenverstand an und stellte fest, dass dieser Aderlass den Kranken keineswegs half, sondern sie vielmehr schwächte und ihren Tod beschleunigte.

Die Zeit ist vergangen. Heute haben die modernen Blutegel, die dir beste Gesundheit versprechen, während sie dich zum Friedhof geleiten, nicht mehr jenes eher abstoßende Aussehen, sondern verhalten sich, im Bergbau wie in vielen anderen Geschäftsbereichen, wie ehrenwerte Unternehmen.

HALLELUJA

An einem Nachmittag Mitte des Jahres 1972 wurde in der Stadt Quito, in Ecuador, eine unvergessliche Zeremonie gefeiert.

Sie war die große Nachricht in allen Zeitungen, im Fernsehen und im Radio, und in der ganzen Stadt sprach man von nichts anderem.

Die Liturgie erreichte ihren Höhepunkt, als die Menge mit tränenüberströmten Gesichtern die Nationalhymne sang, während ein Trompetenstoß erklang und der Geehrte auf die Spitze des Heldenschreins gehoben wurde.

Dort oben erstrahlte im hellen Licht der Altar, der für den großen Anlass errichtet worden war.

In der Mitte des Altars stand, umgeben von Blumen, der Geehrte: das erste Fass Erdöl, dass die Firma Texaco in Ecuador gefördert hatte.

Kniend huldigte ihm die Menge.

General Guillermo Rodríguez Lara, ein Diktator mit großem Herzen, der das Erdöl der Firma geschenkt hatte, verkündete:

»Wir werden Erdöl säen! Eine neue Ära ist angebrochen!«

Bald darauf erfuhr man: Angebrochen war eins der brutalsten Massaker an der Natur in der gesamten Geschichte des Amazonas-Regenwalds.

DIE PRIVATISIERTE JUNGFRAU

Was nicht rentabel ist, hat nicht verdient, zu existieren, weder auf Erden noch im Himmel.

Im Jahr 2002 wurde die Jungfrau von Guadeloupe, Mutter und Symbol von Mexiko, zwei Mal verkauft.

Im März verpflichtete sich die Firma Viotran zur Zahlung von zwölfeinhalb Millionen Dollar für die Nutzung des Bilds der Jungfrau in den nächsten fünf Jahren. Der Vertrag, den der Prinzipal der Basilika mit Zustimmung des Kardinals Norberto Rivera unterzeichnete, segnete alle religiösen Artikel, die die Firma herstellte.

Doch im Juli desselben Jahres ließ der chinesische Unternehmer Wu You Lin das Bild der Jungfrau als Marke eintragen, und zwar zu einem viel niedrigeren Preis und viel längeren Zeitraum.

Jetzt weiß man nicht mehr so genau, wem sie eigentlich gehört.

DER WILLKOMMENE

Im Jahre 1982 wurde die uruguayische Stadt Fray Bentos für ein paar wenige Tage zu Hollywood.
Eine nie gesehene Menschenmenge bejubelte die nie gesehene schwarze Limousine, in der der arabische Scheich Abubaker Bakhasbab fuhr, in Begleitung eines nie gesehenen Gefolges von Damen, die gekleidet waren wie in Tausendundeiner Nacht.
Während seines Besuchs in Uruguay ließ der Retter unserer krisengeschüttelten Wirtschaft seine Versprechen nur so sprudeln: fabelhafte Investitionen, jede Menge Arbeitsplätze, schwindelerregend hohe Löhne und saftige Zinsen für alle diejenigen, die ihre Ersparnisse im Handumdrehen vervielfachen wollten.
Niemand konnte der Versuchung widerstehen, bis sich eines Nachts der Scheich mitsamt seinem Gefolge in Luft auflöste.
Zur Erinnerung ließ er nicht einen einzigen Ring von den vielen zurück, die an seinen Fingern steckten, statt dessen konnte man die ganze Stadt mit seinen ungedeckten Schecks plakatieren.
Der Blitzbesuch war am Ende prophetisch: Zwanzig Jahre später kamen mächtige ausländische Unternehmen in der ehrenvollen Absicht, die Geschichte zu wiederholen.

DAS TOR ZUM PARADIES

Im Jahr 2009 erwachte das Dorf Moatize in Mozambik und stellte fest, dass unter ihm die größten Kohlevorkommen der ganzen Welt lagerten.
Die Einwohner, die seit Generationen hier wohnten, wurden gezwungen, Hab und Gut hinter sich zu lassen, während ihre Ländereien von den Unternehmen verschlungen wurden, die von weit her kamen, um die Entdeckung zu feiern.
Die Steinkohleminen ließen das Wasser knapp werden und verwandelten Moatize in eine Filiale der Hölle.
Die Bauern warten heute noch auf das fruchtbare Land, das man ihnen versprochen hat.
Sie erhielten nur steinharten Boden.

REISE IN DIE HÖLLE

Es ist schon ein paar Jahre her, da besuchte ich bei einem meiner Tode die Hölle.

Ich hatte gehört, dass man einem in diesen tiefsten Tiefen seinen Lieblingswein serviert und die köstlichsten Köstlichkeiten, die man sich denken kann, Liebhaberinnen und Liebhaber für jeden Geschmack, Musik zum Tanzen, Spaß ohne Ende …

Und einmal mehr musste ich feststellen, dass die Werbung lügt. Die Hölle verspricht einem ein Leben in Saus und Braus, aber ich fand nichts weiter vor als eine riesige Menge Leute, die Schlange standen.

Die endlos lange Schlange, die sich in den rauchenden Schluchten verlor, bestand aus Frauen und Männern aller Zeitalter, von den Jägern der Steinzeit bis zu den Astronauten des Weltraumzeitalters.

Sie alle, Frauen und Männer, waren dazu verurteilt, zu warten. Seit ewig und für alle Zeiten zu warten.

Das war es, was ich entdeckte: Die Hölle ist das Warten.

MEIN GESICHT, DEIN GESICHT

Wie diejenigen erzählen, die etwas davon verstehen, können sich die Delphine im Spiegel erkennen.
Jeder Delphin identifiziert das Bild, das ihm der Spiegel zurückwirft.
Auch unsere Vetter, die Schimpansen, die Orang-Utans und die Gorillas, zweifeln nicht, wenn sie in den Spiegel schauen: Das da bin ich.
Für uns hingegen ist die Sache komplizierter. Es passiert an diesen miesen Tagen voller Pech, herrlichen Tagen, um schlechte Nachrichten zu erhalten und Mistsuppe zu essen. Wenn man diese feindseligen Tage beginnt, da denkt man: Wer ist dieser Typ, der mich da anschaut? Wem zum Teufel gehört das Gesicht, das ich gerade rasiere?

MASKEN

In Schwarzafrika sind die Masken die wirklichen Gesichter. Die anderen Gesichter verbergen, die Masken verraten.

Je nachdem, wie man sie anschaut, von vorn oder im Profil, von Nahem oder von Weitem, von oben oder von unten, enthüllen die afrikanischen Masken, durch den Zauber ihrer Kunst, die verschiedenen Personen, die jede Person ist, die Leben und die Tode, die jedes Leben enthält, denn jeder Mensch ist mehr als einer, und die Masken vermögen nicht zu lügen.

DER SCHUHWURF

Rafael Bieber hob ihn mit einer Hand in die Höhe: »Dieser Schuh hat, wie du ihn hier siehst, seine ganz eigene Geschichte.«
Und er erzählte mir, dass dies der Schuh eines Patienten gewesen war, der keine Luft bekam.
Manchmal gelang es einer Maschine oder bestimmten Pillen, ihm die Brust für ein Weilchen zu öffnen, doch dann blieb die Luft wieder weg und kam nicht mehr zurück, so flehentlich der Erstickende sie auch rief.
Eines Nachts warf der verzweifelte Patient diesen Schuh gegen das geschlossene Fenster. Und da drang auf einmal die Luft in sein Haus und seinen Körper, und er konnte endlich etwas schlafen, nach so vielen fürchterlichen Nächten.
Als er aufwachte, war der Boden übersät mit Glassplittern. Sie stammten nicht vom Fenster, von keinem Fenster: Es war das, was vom Spiegel, seinem Spiegel übrig blieb, den sein Schuh in tausend Stücke geschlagen hatte.

DER ARZT

Shennong, der chinesische Gott der Bauern, verspürte tiefes Mitgefühl mit den Opfern verschmutzten Wassers und giftiger Pflanzen. Er lehrte die Bauern, zwischen dem Trinkbaren und dem Nicht-Trinkbaren, dem Essbaren und dem Nicht-Essbaren zu unterscheiden und wurde so, weil er Leben rettete, zum göttlichen Schutzpatron der Medizin.

Hätte Shennong seine segensreiche Arbeit in unseren Tagen tun können? In der heutigen Zeit, wo die Enten Asthma haben, die Tauben unter Allergien leiden und die Reiher das vergiftete Wasser der Flüsse ausspeien?

DER FRIEDE DES WASSERS

Dem gerechtesten Gericht der Welt – das außerdem das älteste Europas ist – gehören keine Juristen an.
Das *Wassergericht* wurde im Jahre 960 in Valencia gegründet und trifft sich seither jeden Donnerstag zur Mittagszeit an einer der Türen der Kathedrale, die einst eine Moschee war.
Diese Gerechtigkeit kommt nicht von oben und nicht von außen: Die Richter sind die Bauern, die ihr eigenes Land bestellen, und sie lösen unter sich Streitfälle um das Wasser der acht Bewässerungskanäle, die die Gemüsegärten von Valencia mit Wasser versorgen.
Die Kanäle sind, so wie das Gericht auch, ein Erbe des maurischen Spanien.

ES WAR EINMAL EIN FLUSS

Der Ganges, der heilige Fluss, der quer durch Indien fließt, entstand aus den sieben Schritten des Gottes Vishnu, der seine Spuren in den sieben Regionen hinterließ, die der Fluss durchquert.

Der Fluss war die Inkarnation von Ganga, der schönsten aller Göttinnen, die ihre Wohnung unter den Sternen hatte, bis es ihr in den Sinn kam, herabzusteigen und in dieser mörderischen Welt zu leben.

Bis vor einigen Jahren kamen die Pilger an den Ganges, um das Wasser der Unsterblichkeit zu trinken.

Jetzt tötet dieses Wasser.

Der Ganges, einer der verschmutztesten Flüsse der Welt, macht jeden krank, der aus ihm trinkt, und jeden, der Nahrungsmittel isst, die mit seinem Wasser begossen worden sind.

ES WAR EINMAL EIN MEER

Er war ein See, einer der vier größten Seen der Welt, und deshalb nannte man ihn Meer, Aral-Meer.
Nur wenig ist von seinem Wasser übrig geblieben, vergiftet durch Industrieabfälle und die Reste chemischer Düngemittel, im Stich gelassen von den Flüssen, die die Ingenieure umgeleitet haben.
Das Süßwasser versalzte, und das Salz machte die Erde unfruchtbar.
Ein paar wenige Boote, die einst Fischerboote waren und jetzt Geisterschiffe geworden sind, liegen halb vergraben im Uferschlamm.
Manchmal lassen sich Stimmen hören, die seine Auferstehung ankündigen.
Niemand glaubt ihnen.

WIR WERDEN DEN PLANETEN WECHSELN MÜSSEN

Gott möge verhüten, dass Indien einmal den Weg der Entwicklung westlichen Stils beschreitet! Der wirtschaftliche Imperialismus einer einzigen kleinen Insel, Großbritannien, hat die ganze Welt in Ketten geschlagen. Wenn unsere Nation mit ihren dreihundert Millionen Einwohnern diesem Beispiel folgen würde, dann wären wir wie Heuschrecken, die die ganze Welt kahl hinterlassen könnten.

(Mahatma Gandhi im Oktober 1926)

EIN STAAT NAMENS MÜLL

Im Jahr 1997 entdeckte der Segler Charles Moore im Südpazifik ein neues Archipel, das aus Abfällen bestand und schon drei Mal größer war als Spanien.

Die fünf Inseln, die diesen riesigen Müllplatz bilden, speisen sich aus Plastik, gebrauchten Autoreifen, altem Eisenschrott, Industrie- und Bergbauabfällen und vielen anderen Abfällen, die die Zivilisation aus ihren Städten ins offene Meer kippt.

Im Jahr 2013 startete eine Kampagne, um dieser neuen Nation den Rang eines Staates zu verleihen, mit Flagge und allem Drum und Dran.

ZAUBERLEHRLINGE

Seit Beginn dieses Jahrtausends arbeitet eine Gruppe von Experten daran, die Menschheit zu retten, in Laboratorien, die des Doktor Frankenstein würdig sind.
Die Labors haben sie auf den Kaiman-Inseln eingerichtet, doch nicht, weil dies ein Steuerparadies ist, wie vielleicht einige Skeptiker denken könnten, sondern um dort neue Methoden auszutüfteln, die die Erwärmung des Planeten und andere Heimsuchungen stoppen.
Um die Klimakatastrophe zu bekämpfen, haben sie Wolken in den Himmel gesät, während sie die Erde abkühlen, indem sie Schwefel in die Atmosphäre und die Stratosphäre schießen. Und um die Stechmücken auszurotten, haben sie Millionen unfruchtbare Männchen gezüchtet, gentechnisch manipulierte Moskitos, die die Weibchen mit ihren Liebesbeteuerungen betören, doch sich nie reproduzieren.

AUTISMUS

Während die Fernsehwerbung Autokörper anbietet, die erotischer sind als die Körper nackter Menschen, wird die Vergötterung der vier Räder und der Nichtgebrauch der Beine zur weltweiten Krankheit.
Zu Beginn dieses Jahrhunderts lieferten internationale Umfragen Daten, die Bände sprechen: Die Mehrheit der Befragten antwortete, das schlimmste Unglück, das einem zustoßen könne, bestehe darin, dass einem das Auto gestohlen wird und man es nicht zurückbekommt.

RATESPIEL

Die Freunde versammelten sich zu einem großen Festmahl, mit einer einzigen Bedingung: Sie sollten mit verbundenen Augen essen.

Am Schluss bat der Koch:

»Jeder soll sagen, was er gegessen hat.«

Die Mehrheit meinte:

»Es schmeckt nach Hühnchen.«

Das war das einzige Tier, das nicht auf der Speisekarte stand, doch niemand fand es wert, deswegen Streit anzufangen. Schließlich und endlich schmeckt Hühnchen gar nicht mehr nach Hühnchen, weil inzwischen alles nach allem und nach nichts schmeckt, und in diesen Zeiten erzwungener Gleichförmigkeit die Hühnchen am Fließband hergestellt werden, genau wie die Fische und Meeresfrüchte.

Und wie wir selbst.

DER PREIS DER VEREHRUNG

Fünfundzwanzigtausend Elefanten werden jedes Jahr mit Axthieben oder Schüssen aus Hubschraubern ermordet, damit ihre Stoßzähne zu Gegenständen religiöser Verehrung verarbeitet werden können.
Das Elfenbein für die Herstellung himmlischer Engel und irdischer Heiliger wird sehr teuer gehandelt.
Aus den Massakern an den Elefanten entstehen die prächtigsten Statuen der Allerheiligsten Jungfrau mit dem Jesuskind im Arm, das heilige Kindlein, das Güte und Erbarmen symbolisiert, und die Stoßzähne der massakrierten Elefanten ermöglichen die anrührendsten Darstellungen des Leidens Christi.

PROPHEZEIUNGEN

Wer hat, schon ein Jahrhundert im Voraus, die weltweit herrschende Macht am besten dargestellt?
Das war kein Philosoph, kein Soziologe und auch kein Politikwissenschaftler.
Es war ein Kind namens Nemo, das um das Jahr 1905 seine Abenteuer erzählte, gezeichnet von Winsor McCay in der Zeitung *New York Herald*.
Nemo träumte die Zukunft.
In einem seiner zutreffendsten Träume gelangte er zum Mars.
Dieser unglückliche Planet befand sich in Händen eines Unternehmers, der seine Konkurrenten in die Knie gezwungen hatte und nun das absolute Monopol ausübte.
Die Marsmenschen wirkten wie Trottel, weil sie kaum sprachen und kaum atmeten.
Nemo fand heraus, weshalb: Der Herr des Mars hatte die Sprache und die Luft in seinen Besitz gebracht.
Die Schlüssel des Lebens, die Quellen der Macht.

MAGIER

Im Jahre 2014 nannte der Internationale Währungsfonds eine unfehlbare Methode zur umfassenden Rettung vor der Wirtschaftskrise:
Das Senken des Mindestlohns.
Die Experten des IWF hatten herausgefunden, dass diese Maßnahme das Angebot von Arbeitsplätzen für junge Leute steigern würde: Die jungen Leute würden zwar weniger verdienen, könnten dies aber dadurch wettmachen, dass sie mehr arbeiteten.
So großzügige Hirne haben den Dank der ganzen Welt verdient. Doch die Tage und die Jahre vergehen, und immer noch ist diese geniale Erfindung nicht in großem Rahmen umgesetzt worden.

SEHR KURZE ZUSAMMENFASSUNG DER MODERNEN GESCHICHTE

Seit einigen Jahrhunderten schon verkleiden sich die Untertanen als Bürger und die Monarchien nennen sich gern Republiken.
Die jeweils herrschenden Diktaturen, die Demokratien zu sein behaupten, öffnen ihre Tore dem alles zerschmetternden Vormarsch des weltumspannenden Markts. In dieser Welt, dem Reich der Freien, sind wir alle jemand. Aber sind wir jemand oder niemand? Käufer oder Gekaufte? Verkäufer oder Verkaufte? Spione oder Ausspionierte?
Wir leben als Gefangene hinter unsichtbaren Gitterstäben, betrogen von Maschinen, die uns Gehorsam vorgaukeln und uns mit kybernetischer Straflosigkeit im Dienste ihrer Herren belügen.
Die Maschinen herrschen zu Hause, in den Fabriken, den Büros, auf den Feldern, in den Bergwerken und auf den Straßen der Städte, wo wir Fußgänger nur Belästigungen sind, die den Verkehr aufhalten. Und die Maschinen befehlen auch im Krieg, wo sie so sehr oder noch mehr töten als die Krieger in Uniform.

DIAGNOSE DER ZIVILISATION

Irgendwo in irgendeinem Dschungel bemerkte jemand: »Wie seltsam sie doch sind, diese Zivilisierten! Alle haben sie Uhren, doch keiner hat Zeit.«

KLINISCHER BERICHT DER HEUTIGEN ZEIT

Die medizinische Wissenschaft nennt es *Jerusalemsyndrom*, die Krankheit, die dort zahlreiche Touristen ergreift.
Diese Besucher der Heiligen Stadt, der Hauptstadt dreier Religionen, spüren plötzlich die göttliche Offenbarung: Sie sind Gestalten aus der Bibel, und von irgendeinem Stuhl oder Schemel aus halten sie auf offener Straße lauthals biblische Predigten, die ihnen Gott eingegeben hat und die den Ungehorsamen ewige Strafe in den Flammen der Hölle androhen.
Weit weg von Jerusalem pflegt ein ähnliches Leiden die Gäste des Weißen Hauses und andere Präsidenten zu erfassen, die direkt aus dem Himmel den Befehl erhalten haben, die Sünder auszumerzen.

WEISHEITEN / 1

Ich erinnere mich an sie, sehe sie vor mir: die Mutter von Pepe Barrientos, wie sie sich, umgeben vom Grün der Pflanzen ihrer Hütte im Buceo-Viertel in ihrem Schaukelstuhl wiegte.

Der Schalk ließ ihre Augen leuchten, die tief in der dunklen, von tausend Falten durchfurchten Haut lagen, während Pepe und ich uns im Duett über die falschen Freunde im Viertel beklagten, die meinten, sie müssten etwas Besseres sein als die anderen, und Ellenbogenstöße austeilten, die sie als Umarmungen vortäuschten. Da urteilte die Alte, die wenig sprach, aber viel sagte:

»Sie können einem leidtun, die Leute, die sich immerzu mit anderen messen müssen.«

WEISHEITEN / 2

Inelte Pereyra arbeitet im Hotel *Argentino*, in Piriápolis. Während Helena und ich frühstücken, nähert er sich mit der Kaffeekanne in der Hand. Er spricht mit uns wie ein weiser, alter Mann, doch er ist jung und gut informiert: »Um neue Nachrichten zu lesen, gibt es nichts Besseres als die alten Zeitungen. Man sagt, dass das Kino früher stumm war. So ein Quatsch. Es hat nur deshalb nicht geredet, weil es wusste, dass es besser ist, zu schweigen.«

WAS MIR DER FLUSS ERZÄHLTE

So um 1860 und etwas herum wurde der kleine Gaucho Gil von den Vertretern der Staatsgewalt an den Füßen aufgehängt, dann schnitt man ihm die Kehle durch. Seither gibt es in Corrientes und in den anderen Provinzen im Norden Argentiniens viele volkstümliche Kapellen, wo man die Erinnerung an ihn pflegt und ihn um Hilfe dabei bittet, das Leben zu ertragen und den Tod zu meiden. Der kleine Gaucho Gil, geheiligt vom Volk, das ihn verehrt, war wegen erfundener Verbrechen verurteilt worden. Seine einzige Straftat war die Fahnenflucht gewesen: Er hatte sich geweigert, sich den Truppen argentinischer, brasilianischer und uruguayischer Soldaten anzuschließen, die Paraguay überfielen und in fünfjährigem Gemetzel keine Hütte stehen und keinen Mann am Leben ließen. »Ich werde meine Brüder aus Paraguay nicht töten«, sagte der kleine Gaucho Gil, und das war auch das Letzte, was er sagte.

DER HELD

Orlando Fals Borda erzählte mir diese traurige Geschichte, die während des Krieges der tausend Tage in Kolumbien geschah.

Als das 20. Jahrhundert begann, kämpfte der General José María Ferreira in der Nähe des Río Magdalena. In einem kühnen Manöver preschte er in entgegengesetzter Richtung zu seinen Soldaten davon und versteckte sich im hohlen Stamm eines Kapokbaums, des einzigen Baums, der in diesem riesigen Nichts seines Respekts würdig war.

Da hockte er und wartete.

Er sah die Kugeln vorbeizischen, Wespen, die auf der Suche nach ihm waren, und begann Gebete zu stammeln und zu bitten: »Kapokbaum, lieber Kapokbaum, lass mich nicht im Stich«, bis er schließlich die Kontrolle über seinen Körper verlor und murmelte:

»Wenn das Blut nach Scheiße riecht, dann bin ich jetzt wohl verletzt.«

Gott sei Dank hörte ihn nur der Kapokbaum.

Er weiß die Geheimnisse der Menschen zu hüten.

DER CHRONIST

Am 18. August 1947 explodierte im Stadtteil San Severiano von Cádiz in Spanien ein Lager für Schiffstorpedos. Juan Martínez, der *Pericón*, der Wellensittich, erzählte von dem Unglück auf die typische Art der Einwohner von Cádiz:

»Am Eingang standen zwei Matrosen Wache. Die klebten anschließend wie Zigarettenpapier an der Wand.«

»Ein Bursche, der angezogen war, schlug ein paar Purzelbäume in der Luft, und als er wieder zu Boden fiel, war er nackt bis auf die Haut.«

»Es war der Wahnsinn. Wer sich keine Kugel durch den Kopf jagte, nahm sich den Strick, alle hatten die Hosen gestrichen voll vor Schreck.«

»Ich wollte was trinken, aber es ging nicht. Der Flaschenhals bog sich um und zeigte plötzlich nach unten.«

»Auf der Brücke riss die Explosion einem Kerl den Kopf ab, und das, was übrig blieb, lief einfach weiter.«

»Die Mauern, die unsere Stadt schützen, haben uns gerettet. Sie haben dafür gesorgt, dass die Torpedos Richtung Himmel flogen. Ich hab‘ sie wie Sterne am Himmel gesehen.«

Doch zehn Tage später starb in der Stierkampfarena von Linares der Torero Manolete durch das Horn eines Stiers. Und in Cádiz sprach niemand mehr über die Katastrophe.

STREIT

Im Juli des Jahres 2004 teilte sich der Ort San Roque bei Cádiz in zwei Teile: Die eine Hälfte stand auf Seiten der Kuh, die in Privatbesitz war, und die andere Hälfte unterstützte den Esel, der der Gemeinde gehörte.
Es ging darum, dass ein Anwohner Klage eingereicht hatte und Schadensersatz verlangte, weil der Esel seiner Kuh in schamloser Absicht nachgestellt hatte. Die Kuh floh vor der Verfolgung, stürzte einen Abhang hinunter und starb.
Der Anwalt der verstorbenen Kuh forderte Entschädigung, weil seine Mandantin das Opfer sexueller Belästigung geworden sei.
Der Anwalt des Esels machte geltend, dass die Kuh den Esel provoziert habe, als sie völlig nackt und mit entblößten Brüsten auf die Wiese kam.
Weitere Anwälte fühlten sich berufen, ihren juristischen Senf dazu zu tun. Die verstorbene Kuh und der Esel gerieten darüber bald in Vergessenheit.

DIE RUHMREICHSTE CHRONIK ÜBERHAUPT

Julius Cäsar war Kriegsberichterstatter seiner eigenen Feldzüge.
Er selbst kümmerte sich darum, für die Nachwelt genaue Schilderungen seiner Feldzüge aufzuschreiben.
Die *Kommentare zum gallischen Krieg* waren sein berühmtestes Werk. Die Zeit verwandelte diese Verherrlichung der militärischen Verdienste des Autors in einen Klassiker, der auf die Opfer seiner Soldaten keinerlei Rücksicht nahm, der Soldaten, die sich niemals beklagten oder müde wurden.
Julius Cäsar, Kaiser und Gott, Chronist seiner selbst, widmete sein ganzes Talent der Huldigung dieser Invasion, der eine Million Gallier zum Opfer fielen und die die Überlebenden zur Sklaverei verdammte.

DER SCHWEIGSAME

Man nennt ihn *Barbier*, obwohl er niemanden rasiert noch jemandem die Haare schneidet.
Er lebt in den Tiefen tropischer Meere und verlässt sie so gut wie nie.
Seine Sprechstunde hält er in der Nähe von Korallenriffs ab, im Schutz von Seeanemonen und bunten Meeresschwämmen.
In langer Schlange warten die Fische, die verschmutzt sind von Bakterien, Parasiten und Pilzen.
Er reinigt sie, und immer schweigt er dabei.
Dies ist der einzige Barbier, der nicht spricht. Kein einziges Wort. Niemals.

DER GESCHICHTENERZÄHLER

Der Kaiman von Sanare war in einem Dorf in der Nähe von Barquisimeto in Venezuela zur Welt gekommen, wo viele Geister wohnten, die ihm in seiner Kindheit Gesellschaft leisteten.

Von ihnen erzählten seine Geschichten:
von dem, der die Fledermäuse zum Singen brachte;
vom Kürbis, in dem ein Zwerg wohnte, der Leute fraß;
von den fünf Teufeln, die die Schreckhaften heilten;
vom Zauberer, der dir den Kopf umdrehte, damit du nur noch rückwärtsgehen konntest;
von dem, der die Berge mit einem Seil zum Einsturz brachte;
von dem, der Tauben in so großer Höhe schoss, dass sie Jahre brauchten, um auf die Erde zu fallen;
von dem, der eine Jacke mit Flügeln trug, die ihn von Dorf zu Dorf fliegen ließ, bis sie ihm der Yacambú-Fluss stahl, der es leid war zu schwimmen und der auch mal fliegen wollte.

DER SÄNGER

Das Gürteltier hatte singen wollen, seit dem längst vergangenen Tag, als es auf einem sandigen Hügel bei Oruro zur Welt gekommen war.
Immer wenn die ersten Tropfen irgendeines Regens fielen, marschierte es mit seinen kurzen, langsamen Beinchen zum Teich, um den Kröten beim Singen zuzuhören.
Die Kröten sangen, wenn sie spielten, und vergeblich versuchte das Gürteltier, es ihnen nachzumachen. Die Kröten, die Grillen und die Vögel verspotteten es wegen seines Gebrumms.
Das ging so, bis ihm der Zauberer Sebastián Mamani anbot, ihm die göttliche Gnade des Gesangs zu gewähren, wenn es dafür den Panzer hergab, der es bedeckte.
Da geschah es, dass dieser Panzer, vom Körper befreit, zum klangvollen Instrument wurde.
Und in ihm, aus ihm, sang das Gürteltier, das auch *Quirquincho* genannt wird. Und es singt immer noch.

DER MUSIKER

In Kashi, der heiligen Stadt der Tamilen in Indien, lebte und spielte der Flötenspieler, der seine Flöte so falsch blies wie sonst keiner auf der Welt.
Man bezahlte ihn sehr gut, damit er sehr schlecht spielte.
Im Dienst der Götter quälte seine Flöte die Dämonen.
Die Einwohner von Kashi hatten ihn an einen Baum gekettet, damit er nicht fliehen konnte. Aus Kerala, Mysore und anderen Städten regnete es phantastische Angebote.
Alle wollten ihn haben, diesen Meister in der komplizierten Kunst, entsetzlich zu sein.

DIE DICHTERIN

Man nannte sie Phillis, denn so hieß das Schiff, das sie herbrachte, und Wheatley, nach dem Händler, der sie kaufte.
Sie war in Senegal zur Welt gekommen.
In Boston boten sie die Sklavenhändler zum Kauf feil: »Sie ist erst sieben Jahre alt! Das wird mal eine gute Stute!«
Nackt wurde sie von vielen Händen begrabscht.
Mit dreizehn schrieb sie schon Gedichte in einer Sprache, die nicht die ihre war.
Niemand glaubte, dass sie die Urheberin war.
Mit zwanzig wurde Phillis von einem Gericht aus achtzehn ehrenwerten Männern in Roben und Perücken verhört. Sie musste Texte von Virgil und Milton und einige Passagen aus der Bibel rezitieren, und sie musste schwören, dass sie ihre Gedichte nicht abgeschrieben hatte.
Auf einem Stuhl sitzend, unterwarf sie sich der langen Prüfung, bis das Gericht ihr zugestand: Sie war eine Frau, sie war schwarz, sie war eine Sklavin, doch sie war Dichterin.

DIE LASTERHAFTE

In Montevideo zahlte Anfang des 19. Jahrhunderts der Hauptmann José Bonifacio de Toledo dreihundert Pesos für eine achtzehnjährige Schwarze namens Marta.
Sie war eine Sklavin bester Führung, »frei von Lastern und Fehlern«, doch nach wenigen Tagen forderte der Käufer sein Geld zurück. Marta hatte doch ein Laster, das Schlimmste von allen: Bei der erstbesten Gelegenheit lief sie davon, floh, ohne Spuren zu hinterlassen.
Nach vielen Fluchten legte sie ihr neuer Besitzer in Ketten. Trotz eiserner Fesseln an Händen und Füßen beklagte sich die Lasterhafte nicht. Schweigend nahm sie die Strafe hin. Doch nach wenigen Tagen löste sie sich in Luft auf.
In der Gefängniszelle fand man nur vier Eisenringe und eine lange, unversehrte Kette.
Von ihr hörte man nie wieder etwas.

DIE TAUFE

Es war der englische Arzt Samuel A. Cartwright, der dem geistigen Verwirrungszustand einen Namen gab, der die Sklaven zur Flucht trieb.
Dieser Wahn blieb zwar weiterhin unheilbar, doch hatte er jetzt wenigstens einen Namen, dank des guten Willens dieses Arztes: Man nannte ihn *Drapetomanie*.

DIE ENTFÜHRTE

An einem Tag im Jahr 1911 verschwand die Gioconda aus dem Louvre.

Als die Verschwundene nach zwei Jahren der Suche wieder auftauchte, stellte man fest, dass der Raub das geheimnisvollste Lächeln der Welt nicht ausgelöscht hatte: Er hatte hingegen ihren Ruhm vervielfacht.

DIE DAME MIT DER LUPE

Sie war Romanautorin und Archäologin.
Beim Lösen rätselhafter Verbrechen und Ausgraben tausendjähriger Ruinen stellte sich Agatha Christie den gleichen Herausforderungen.
Die Titel ihrer Bücher sprechen Bände: *Mord in Mesopotamien*, *Sie kamen nach Bagdad*, *Der Tod auf dem Nil*, *Mord im Orient-Express* …
Vielleicht ahnte sie, dass die uralten Zivilisationen die Verbrechen und den Raub vertuschen, die an ihrem Ursprung standen, und die Neugier trieb sie dabei an, diesen verwischten Fährten zu folgen, diesen trügerischen Spuren: Der Detektiv Hercule Poirot, den sie erfunden hatte, lieh ihr seine Lupe.

IDOL

Als sie vom Kino Abschied nahm, wurde der ganze Erdball zum Witwer.

Sie war mit einem anderen Namen geboren worden, und wegen ihrer eisigen Schönheit hatte sie sich die Titel *die Göttliche*, *die schwedische Sphinx* verdient, *Wikingervenus* …

Ein halbes Jahrhundert nach ihrem Abschied stand Justo Jorge Padrón, der spanische Dichter, der Schwedisch mit dem Akzent der Kanaren sprach, vor dem Schaufenster eines Schallplattengeschäfts in Stockholm, als er im Glas der Scheibe das Spiegelbild einer sehr großen, eleganten, in weißen Pelz gehüllten Frau bemerkte, die hinter ihm stand.

Er wandte sich um und sah sie vor sich, mit Sonnenbrille, das Kinn erhoben, und dachte, ja, und dachte, nein, sie wäre es, sie wäre es nicht, sie könne es sein, und fragte sie aus reiner Neugier:

»Verzeihen Sie, meine Dame, aber … sind Sie nicht Greta Garbo?«

»Das war ich mal«, antwortete sie.

Und ging mit den gesetzten Schritten einer Königin davon.

DIE ERSTE RICHTERIN

Sie heißt Léa Campos, ist Brasilianerin, war Schönheitskönigin im Bundesstaat Minas Gerais und bleibt für alle Zeiten die erste Frau, die als Schiedsrichterin auf den Fußballplätzen Amerikas und Europas gepfiffen hat.
Sie erhielt ihren Titel nach vier Jahren Ausbildung und Prüfungen, mit Diplom und allem Drum und Dran, doch lauter als ihre Pfiffe tönen immer noch die Pfiffe des Publikums aus Machos, die sich über den weiblichen Eindringling empören.
Der Schiedsrichter war seit jeher Schiedsrichter gewesen, nicht Schiedsrichterin. Das männliche Monopol wurde gebrochen, als Léa die Oberherrschaft auf dem Platz gewann, über zweiundzwanzig Männer, die ihren Befehlen Folge leisten und sich ihren Bestrafungen unterwerfen mussten.
Ein paar Funktionäre des brasilianischen Fußballs waren die Ersten, die den Frevel öffentlich anprangerten. Einige drohten mit ihrem Rücktritt, während andere zweifelhafte wissenschaftliche Quellen anführten, die beweisen sollten, dass die Knochenstruktur der Frau, der des Mannes unterlegen, es nicht zulässt, eine so anstrengende Aufgabe zu meistern.

NOCH EIN EINDRINGLING

War Johannes eine Johanna? Hat über zwei Jahre, einen Monat und vier Tage eine Frau den Thron des heiligen Petrus eingenommen?

Es gibt Stimmen, die da sagen, die Päpstin Johanna habe ab dem Jahr 855 im Vatikan regiert. Hat das stattgefunden oder nicht? Historische Wahrheit oder reine Legende?

Doch weshalb entfesselt diese Geschichte immer noch die Empörung der Kirche und öffentliches Ärgernis? War das wirklich so schlimm, ist das wirklich so schlimm?

In anderen Religionen gibt es Götter und Göttinnen, und die Priester dürfen Priesterinnen sein. Ist dies vielleicht der Grund, weshalb einige meinen, diese Religionen seien reiner Aberglaube?

Und ich meine, frage, keine Ahnung, nur mal so: Langweilen sich denn die Machojunggesellen nicht, die in der katholischen Kirche die Alleinherrschaft ausüben?

SEI GESEGNET, DALMIRO

Ich habe das Glück, in einer Straße von Montevideo zu leben, die den Namen eines Künstlers trägt, den des uruguayischen Musikers Dalmiro Costa, ein Wunder in dieser Stadt, deren Straßen sonst gern nach Militärs, Politikern und illustren Figuren der Weltgeschichte benannt werden.

DAS RECHT ZU PLÜNDERN

Im Jahr 2003 besuchte Samir, ein altgedienter Journalist aus dem Irak, einige europäische Museen.

Museum auf Museum fand er wunderbare Zeugnisse der Schrift aus Babylonien, Helden und Götter, die auf den Hügeln von Ninive gemeißelt worden waren, Löwen, die von Assyrien her geflogen waren …

Samir kauerte nieder und hatte die Hände vors Gesicht geschlagen.

Jemand näherte sich ihm und bot ihm Hilfe an:

»Soll ich einen Arzt rufen?«

Samir schluckte die Tränen hinunter und stammelte:

»Ncin, danke. Es ist alles okay.«

Und dann erklärte er:

»Es tut mir nur weh zu sehen, was man uns alles geraubt hat und was man uns noch rauben wird.«

Zwei Monate später starteten die nordamerikanischen Truppen ihre Invasion. Das Nationalmuseum von Bagdad wurde ausgeplündert. Einhundertsiebzigtausend Ausstellungsstücke gingen verloren.

ICH SCHWÖR'S DIR

Im Jahr 2014 versprachen die Vereinten Nationen zum tausendundersten Mal ein Referendum einzuleiten, in dem die Bevölkerung der Westsahara darüber abstimmen sollte, ob sie unabhängig sein oder weiterhin das Beutegut von Marokko bleiben wollte.
Einmal mehr, zum tausendsten Mal, schworen die Vereinten Nationen, das Ergebnis zu respektieren und dafür zu sorgen, dass es respektiert würde.
Doch es kam nie zu dieser Volksabstimmung, aus einem einfachen Grund: Marokko weigerte sich, der Verpflichtung nachzukommen, die es vor den Augen der Welt eingegangen war, und blieb Besitzer und Herr über das Land und die Bevölkerung der Saharauis, des Bodens und der reichen Bodenschätze und der Küstengewässer voll mit riesigen Fischschwärmen.
Die Saharaui-Patrioten erklärten weiter vergeblich ihren Willen zur Unabhängigkeit, und viele von ihnen landeten im Gefängnis oder auf dem Friedhof, wegen des unverzeihlichen Verbrechens, für ihre Freiheit zu kämpfen.

DIE KRIEGE DER ZUKUNFT

Im Jahr 2012 arbeitete Brandon Bryant auf einem Luftwaffenstützpunkt in einem Wüstengebiet im nordamerikanischen New Mexico.
Er war ein Pilot ohne Flugzeug, der mit vierzehn Monitoren und mehreren Tastaturen zehntausend Kilometer entfernte Flugzeuge ohne Piloten, so genannte Drohnen, lenkte.
Eines Tages erschien auf den Bildschirmen ein Bauernhaus irgendwo auf dem Land in Afghanistan, mit Stall und allem, was dazu gehört. In allen Einzelheiten war es zu sehen.
Fünfzehn Sekunden: Aus der Entfernung gab das Oberkommando den Befehl zu feuern. Zehn Sekunden: Brandon meldete dem Oberkommando, er habe auf einem der Monitore ein Kind gesehen, das um das Haus herumlief. Sechs Sekunden: Der Befehl wurde wiederholt. Fünf Sekunden: Brandon drückte auf den Knopf. Drei Sekunden: Die Drohne schoss eine Rakete ab. Zwei Sekunden: Die Rakete traf das Haus, ein Lichtblitz, eine Explosion, das Haus verschwand und das Kind auch.
Nur Rauch war noch zu sehen.
»Wo ist das Kind?«, fragte Brandon.
Die Maschine antwortete nicht.
Brandon wiederholte seine Frage.
Schließlich antwortete die Maschine:
»Es war kein Kind, sondern ein Hund.«
»Ein Hund mit zwei Beinen?«
Und Brandon Bryant quittierte seinen Dienst in der Armee.

VERLEUMDUNGEN

Es heißt, der Mensch sei des Menschen Wolf.
Doch kein Wolf bringt je einen anderen um.
Sie sind nicht wie wir damit beschäftigt, sich gegenseitig auszurotten.
Sie haben keinen guten Ruf, die Wölfe, doch sind es nicht sie, die dabei sind, die Welt in ein riesiges Irrenhaus und einen dicht bevölkerten Friedhof zu verwandeln.

DER KRIEG GEGEN DIE KRIEGE

Während das 21. Jahrhundert begann, starb Bertie Felstead im Alter von hundertsechs Jahren.
In drei Jahrhunderten hatte er gelebt, und er war der einzige Überlebende eines unglaublichen Fußballspiels, das zu Weihnachten 1915 stattfand. Gespielt wurde es von britischen und deutschen Soldaten, auf einem zwischen den Schützengräben improvisierten Fußballplatz. Von irgendwoher tauchte ein Ball auf und begann, man weiß nicht wie, zu rollen, und das Schlachtfeld wurde im Handumdrehen zum Spielfeld. Die Feinde warfen ihre Waffen weg und fingen an, um den Ball zu kämpfen.
So ging das eine ganze Weile, bis ihre Offiziere sie wutentbrannt daran erinnerten, dass sie zum Töten und zum Sterben hier waren.
Kaum war der Fußballwaffenstillstand vorüber, da begann das Abschlachten von Neuem; doch hatte der Ball für kurze Zeit die Begegnung dieser Männer möglich gemacht, die gezwungen worden waren, sich zu hassen.

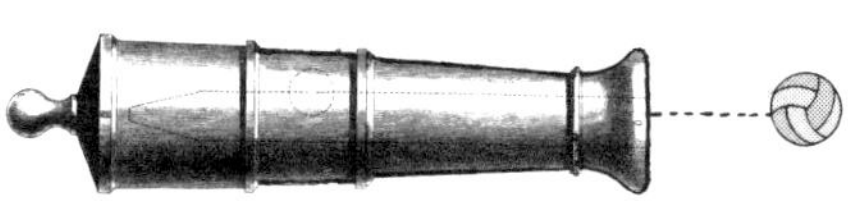

REVOLUTION IM FUSSBALL

Ermutigt von einem außerordentlichen Fußballer namens Sócrates, dem respektiertesten und beliebtesten, eroberten noch zu Zeiten der Militärdiktatur die Spieler die Leitung des brasilianischen Vereins *Corinthians*, eines der mächtigsten Vereine des Landes.

Unfassbar, nie gesehen: Die Spieler entschieden alles unter Beteiligung aller und per Mehrheit. Demokratisch diskutierten und beschlossen sie durch Abstimmung die Arbeitsmethoden, das Spielsystem, das für jedes Spiel das Beste war, die Verteilung des eingenommenen Geldes und alles andere. Auf ihren Trikots stand: *Democracia Corinthiana.*

Nach zwei Jahren schafften es die geschassten Funktionäre, wieder ans Ruder zu kommen, und machten Schluss mit dem Ganzen. Doch solange die Demokratie währte, bot der Verein *Corinthians*, von seinen Spielern geführt, den kühnsten und schönsten Fußball des ganzen Landes, holte die meisten Zuschauer in die Stadien und gewann zwei Mal hintereinander die Meisterschaft von São Paulo.

SCHENK MIR DEN POKAL NOCH MAL VOLL

Der erste World Cup im Fußball wurde 1930 in Uruguay ausgetragen.

Die Trophäe, ein Pokal aus purem Gold mit Edelsteinen, wurde vom italienischen Fußballfunktionär Ottorino Barassi in einem Schuhkarton unter dem Bett aufbewahrt, bis er sie den Vertretern der FIFA übergab.

Im Jahr 1966, als die in England bestrittene Fußballweltmeisterschaft ihrem Ende entgegenging, wurde der Pokal aus einer Vitrine in London gestohlen. Die fähigsten Detektive von Scotland Yard fanden keine einzige Spur, bis ein Hund namens *Pickles* den Pokal, eingewickelt in Zeitungspapier, in einem Vorortgarten von London fand. *Pickles* wurde zum nationalen Held erklärt.

Der nächste Diebstahl geschah im Jahr 1983. Da verschwand der Pokal, in Goldbarren umgeschmolzen, auf dem Schwarzmarkt von Rio de Janeiro.

Seither bekommt der Sieger der jeweiligen Weltmeisterschaft nur eine Kopie des Pokals, das Original liegt anschaubar, doch unantastbar in einem Tresor der FIFA in Zürich.

DAS BARFÜSSIGE IDOL

Sailen Manna zum Dank gewann der indische Fußball die Goldmedaille bei den Asienspielen von 1951.
Sein ganzes Leben lang spielte er für den Verein Mohun Bagan AC, ohne jemals Geld dafür zu verlangen, und nie ließ er sich von den Verträgen locken, die ausländische Klubs ihm anboten.
Er spielte barfuß, und in der gegnerischen Hälfte waren seine nackten Füße Kaninchen, die niemand fangen konnte.
In seiner Tasche trug er immer die Göttin Kali, die, die von gleich zu gleich gegen den Tod zu kämpfen versteht.
Sailen war fast neunzig Jahre alt, als er starb.
Die Göttin Kali begleitete ihn auf seiner letzten Reise.
Barfüßig, so wie er.

ICH GESTEHE

Ich werde jetzt mein Geheimnis verraten.
Ich will, ich kann es nicht mit ins Grab nehmen.
Ich weiß, warum Uruguay 1950 die Fußballweltmeisterschaft gewann.
Diese Heldentat gelang durch den Mut von Obdulio, die Schläue von Schiaffino, die Schnelligkeit von Ghiggia. Ja. Und wegen noch ein bisschen mehr.
Ich war damals neun Jahre alt und sehr fromm, ein tief gläubiger Anhänger des Fußballs und von Gott, in dieser Reihenfolge.
An jenem Abend biss ich mir die Nägel ab mitsamt den Händen, während ich im Radio die Reportage von Carlos Solé aus dem Maracanã-Stadion hörte.
Tor für Brasilien.
Oh nein!
Ich fiel auf die Knie und flehte weinend Gott an, ach, lieber, lieber Gott, tu mir nur diesen einen Gefallen, ich bitte dich darum, versag mir nicht dieses Wunder.
Und ich legte mein Gelübde ab.
Gott hielt sein Wort. Uruguay gewann, doch mir wollte einfach nicht mehr einfallen, was ich ihm versprochen hatte.
Umso besser.
Vielleicht hat mich das ja davor bewahrt, jahrelang Tag und Nacht wie ein Schlafwandler durch die Straßen von Montevideo zu irren und dabei das Vaterunser zu murmeln.

DER BALL ALS INSTRUMENT

Bei den Fußballweltmeisterschaften von 1934 und 1938 grüßten die Spieler Italiens und Deutschlands das Publikum mit ausgestrecktem rechtem Arm. »Siegen oder sterben«, befahl Mussolini. »Ein internationales Spiel zu gewinnen ist für die Menschen wichtiger als eine fremde Stadt einzunehmen«, verkündete Göbbels.
Bei der Weltmeisterschaft von 1970 machte sich die Militärdiktatur Brasiliens den Ruhm der Mannschaft Pelés zu eigen: »Niemand kann dieses Land mehr aufhalten«, verkündete die offizielle Propaganda.
Bei der Weltmeisterschaft von 1978 feierten die argentinischen Generäle ihren Sieg Arm in Arm mit dem unverzichtbaren Henry Kissinger, während die politischen Gefangenen lebendig aus Flugzeugen ins Meer geworfen wurden.
Im Jahre 1980 gewann in Uruguay die heimische Nationalmannschaft den so genannten *Mundialito*, eine Mini-Weltmeisterschaft nur unter Weltmeistern. Die Propaganda der Militärdiktatur verkaufte den Sieg, als hätten die Generäle selbst gespielt. Doch da traute sich die Menge aufzubegehren, nach sieben Jahren erzwungenen Mundhaltens. Das Schweigen wurde gebrochen, und von den Tribünen herab donnerte es:
»Wann geht sie nur, wann geht sie nur, die Militärdiktatur …«

EHRLICHE SCHWINDLER

Am 14. April 1997 veröffentlichte die Zeitschrift *Sports Illustrated* eine aufschlussreiche Umfrage zum Thema Doping in den olympischen Sportarten, die der renommierte Mediziner Bob Goldman durchgeführt hatte.

Die Zeitschrift garantierte den befragten Athleten absolute Anonymität, so dass sie ohne Angst vor Konsequenzen die Wahrheit sagen konnten.

Die Frage lautete:

»Würden Sie eine verbotene Substanz einnehmen, wenn man Ihnen zusicherte, dass sie bei keiner Kontrolle entdeckt würde, und sie damit alle Wettkämpfe gewinnen würden?«

Mit »Ja« antworteten: 159 Athleten.

Mit »Nein« antworteten: 3 Athleten.

VERDORBENES PACK

Einige Jahrhunderte, bevor Europa in Amerika einfiel, krönten die Mapuches, die Tehuelches und andere südamerikanische Indios ihre Feste mit einem Spiel, bei dem sie mit einem Ast, dessen Spitze gekrümmt war, hinter einem Ball herliefen.

Im Jahre 1764 verdammte die in Santiago de Chile versammelte Bischofskonferenz dieses Spiel durch den Mund ihres Vorsitzenden, des Bischofs Manuel de Alday y Aspée, »wegen seiner Promiskuität, denn es wird von Männern und Frauen gespielt, alle durcheinander.«

Heute heißt das Spiel *Hockey* und ist inzwischen keine Sünde mehr.

DER VERDAMMTE

Im Jahre 1572 wurde der Mönch Luis de León, ein Dichter, in einen Kerker von Valladolid gesperrt.

Fünf Jahre seines Lebens verbrachte er in einer Einzelzelle. Die Heilige Inquisition hatte ihn verurteilt, weil er das *Hohelied Salomos* ins Spanische übersetzt hatte, jenes Buch der Bibel, welches das menschliche Verlangen und die menschliche Leidenschaft feiert:

Öffne mir, meine Freundin,
denn dein Geliebter wartet auf dich,
meine Taube
Öffne mir, denn der Himmel nässt mir das Haupt …
Süßer als Wein sind die Küsse deines Mundes.

DER VERBOTENE

Niemand wollte die wildironischen Texte von Mark Twain gegen die Massaker veröffentlichen, die die imperialen nordamerikanischen Truppen auf den Philippinen und an anderen Orten begingen.
Im Jahre 1901 bemerkte er:
Nur die Toten haben Meinungsfreiheit.
Nur die Toten haben das Recht, die Wahrheit zu sagen.

DER GELIEBTE, DER GEHASSTE

Monteiro Lobato, der Schriftsteller, der den Kindern Brasiliens am meisten Freude gebracht hat und noch heute bringt,
der sie am besten gelehrt hat, die Geheimnisse der Erde zu lieben, auf der sie geboren wurden,
der beliebteste Freileger der Wurzeln Brasiliens,
der, der seine Verteidigung des brasilianischen Erdöls und seine öffentliche Anklage der Komplizenschaft der Regierungen mit den Giganten, die das Geschäft des schwarzen Goldes und anderer Mineralien beherrschen, mit Gefängnis bezahlte,
starb 1948, mit sechzig und ein paar Jahren, ohne Haus und ohne Geld.
Sein Name war verboten in den Zeitungen und den Radioprogrammen, und seine Bücher wurden aus den öffentlichen Bibliotheken und Schulen verbannt und in den Kirchen verbrannt, weil sie nicht mit dem gebührenden Respekt über die Religion sprachen.

GESEGNET SEIST DU, LACHEN, IMMER

Darcy Ribeiro ging im Regenwald ein und aus, als sei er dort zu Hause, und er war es auch.

Er hatte nicht viel Gepäck dabei, nur ein Buch und sonst nichts: eine alte spanische Ausgabe des Don Quijote de la Mancha.

In seiner Hängematte liegend, sich zwischen den Bäumen des Amazonas-Urwalds wiegend, las Darcy in seinem Lieblingsbuch. Auf jeder Seite gab es Grund zum Lachen, und die Kinder lachten mit ihm. Keins von ihnen konnte lesen, doch alle verstanden zu lachen.

DER WEBER

In der Werkstatt von Remigio Mestas in Oaxaca lernt man, dass die Kleider leben.

Die Schönheit seiner bestickten Blusen, Schals und Stoffe zieht die Neugierigen an, doch ist dies nicht mehr als der Ausgangspunkt für einen tiefen, weiten Raum der Zusammenkunft.

Remigio, ein Zapotekenindio, hat eine Gruppe von Webern aus den verschiedensten mexikanischen Gemeinschaften organisiert, die durch das Weben ihre Wurzeln und ihren Stolz zurückgewinnen.

»Kleider sind keine Lappen«, sagt Remigio und erklärt, dass Kleidungsstücke einen Geist in sich haben und Energie übertragen, wenn sie aus liebevollen Händen entstehen.

»Ein guter Stoff sagt dir: Ich bin deine zweite Haut.«

Und um zu bestätigen, dass er nicht lügt, reicht es, irgendeines seiner Werke zu berühren.

DER HUTMACHER

In einem kleinen Dorf in Chiapas flicht Andrés de la Cruz González Hüte aus Palmstroh. Jeder Hut braucht seine Zeit, um zu werden und zu sein. Das Palmstroh wird gekocht und dann drei Tage in die Sonne und drei Tage zum Bleichen ins Mondlicht gelegt.
Andrés beklagt sich vergeblich darüber, dass die jungen Leute importierte Baseball Caps vorziehen. Er hingegen hört nicht auf, seine Hüte aus feinem Palmstroh zu verteidigen, die die Träume und die Gedanken schützen, die es wert sind, erinnert zu werden.
Er hat von seinen Großvätern diese geheime Kunst erlernt, die er den Söhnen seiner Söhne weitergeben wird, damit die lange Kette der Zeit nicht durchbrochen wird.

DIE STOFFE UND DIE STUNDEN

In der prallen Sonne spinnt und webt das Volk der Dogon, in der afrikanischen Republik Mali.

Die Stoffe, vom Licht getränkt, glänzen und lachen. Ihre Schöpfer nennen sie *Wörter.*

Schweigsam und dunkel dagegen sind die Stoffe, die nachts geboren werden.

Niemand will nach Sonnenuntergang weben. Wenn sie untergeht, schließt die Sonne die Tore des Himmels, und der, der webt, läuft Gefahr, blind zu werden.

DER ZIMMERMANN

Daniel Weinberg verbrachte viel Zeit mit der Suche nach einem Bild, das Jesus in der Zimmermannswerkstatt zeigte, als Illustration für ein Buch der Internationalen Arbeitsorganisation.

Er hatte kein Glück: In der gesamten Geschichte der Kunst gab es keinen Arbeiterchristus.

Doch endlich, nach vielem Herumfragen, fand Daniel in Oaxaca ein 1960 auf Holz gemaltes Bild von einem unbekannten Künstler, das die gesamte Heilige Familie zeigte, und darauf half das Jesuskind seinem Vater in der Werkstatt.

Höchst ungewöhnlich.

DER ENTDECKER

Louis Pasteur erfand nicht nur die chemische Methode, die seinen Namen trägt und unsere Lebensmittel schützt. Er entdeckte auch, unter anderen Impfstoffen, den Impfstoff, der uns vor den Tieren schützt, die an Tollwut erkrankt sind.

Doch viel schwieriger war sein Kampf gegen eine andere Wut: den wütenden Neid vieler seiner Kollegen.

Mitte des 19. Jahrhunderts diskutierten die Pariser Zeitungen darüber, welches Irrenhaus das bessere sei, um ihn wegzusperren: Charenton oder Sainte-Anne?

DER REITER DES LICHTS

Im Jahre 1895, am Ende seiner Kindheit, hatte Albert Einstein eine Vision, die ihm die Türen des Unbekannten öffneten: Er träumte oder phantasierte, er reite auf einem Lichtstrahl durch den Himmel.
Einige Jahre später führten diese Türen zur Relativitätstheorie und anderen Erleuchtungen.

DER BILDHAUER

Im Mai 1649 verlor Sevilla den Duft, der ihm immer Ruhm und Trost verliehen hatte.

Sie roch nach Tod, die Stadt der Orangenblüten.

Von der Pest überfallen, hob die Bevölkerung Gräben aus, um sich zum Sterben niederzulegen, und die Orangenbäume brachten Mitleid hervor statt Blüten.

Der Bildhauer Juan Martínez Montañés, der über die vielen Jahre seines Lebens die Christus- und Heiligenstatuen der Kirchen von Sevilla geschaffen hatte, wollte den verlorenen Duft gestalten.

Dieser Aufgabe widmete er alle Energie, die ihm geblieben war, Nacht für Nacht, Tag für Tag.

Und beim Schnitzen von Blüten starb er.

Es heißt, Sevilla sei wieder auferstanden, weil er den Rest Leben, der ihm blieb, als Opfer darbrachte. Und es heißt, dass die Blüten, die aus seinen Händen entstandenen, die Luft der sterbenden Stadt reinigten.

DER KOCH

In uralter Zeit übergab der König von Maní in Yucatán seinem Koch ein soeben auf der Jagd erlegtes Tier und trug ihm auf, das beste Stück davon für ihn zuzubereiten.
Der König bekam gebratene Zunge zu kosten.
Kurze Zeit später übergab der König dem Koch wieder ein frisch erlegtes Tier und befahl ihm, das schlechteste Stück davon für ihn zuzubereiten.
Und wieder lag Zunge auf dem Teller.
Der König wurde zornig, doch der Koch hatte Recht.

DER FEUERWEHRMANN

Von Geburt an war Emilio Casablanca Kunstmaler und unverbesserlicher Nachtschwärmer.
Bei einer seiner langen Sauftouren verirrte sich Emilio mehrere Male im Labyrinth der Altstadt von Montevideo, bis er schließlich mit Müh und Not den Sitz der Sozialistischen Partei fand, wo er Unterschlupf gefunden hatte.
Er schleppte sich bis zur Dachstube hoch und ließ sich auf die Matratze fallen. Eine brennende Zigarette baumelte zwischen seinen Fingern.
Die Nacht erlosch, und Emilio auch. Die Zigarette jedoch nicht.
Früh am Morgen kam Pistola *Die Pisstole* Dotti, um wie üblich seinem Job als Putzmann nachzugehen, als er einen brenzligen Geruch in der Luft wahrnahm.
Der Rauch kam aus der Dachkammer. *Pistola* lief, so schnell er konnte, die Treppe hinauf und stieß die Tür auf: Durch die beißenden Rauchschwaden sah er Flammen aus dem Bett züngeln, in dem Emilio tief und fest schlief.
Das Wasser war weit entfernt, im Bad oder in der Küche, und *Pistola*, der sich seinen Spitznamen durch eben diese Tat verdiente, zögerte nicht lange. Er biss die Zähne zusammen und ließ die Hosen runter. Und löschte.

KÜNSTLER

Lucio Urtubia, anarchistischer Maurer, fabrizierte perfekte, doch gefälschte Schecks, um die spanische Diktatur zu sabotieren.

Die Regierungen druckten Geld, um die Spekulation zu finanzieren, während Lucio davon träumte, die Revolution zu finanzieren. Außerdem überfiel er, während die Banken Länder überfielen, in seiner Freizeit Banken.

Ein anderer Fälscher jener Zeit, Adolfo Kaminsky, war Färber und Zeichner. Dank seiner Unterstützung konnten viele Verfolgte in Militäruniformen fliehen, deren Farbe verändert war. Und im Paris des Terrors der Nazibesatzung schlief Adolfo nie. Er verbrachte die Nächte damit, Personalausweise, Geburtsurkunden und Passierscheine zu fälschen, im Rhythmus von dreißig Stück pro Stunde.

DER VERSTORBENE

Im Jahre 1975 beantragte Lal Bihari in der Gemeinde Azamgarh im indischen Staat Uttar Pradesh eine Geburtsurkunde.

Irgendein Beamter irrte sich und stellte ihm eine Sterbeurkunde aus.

Von da an schlief Lal Bihari auf der Straße, ernährte sich von Müll, stand Tag und Nacht von Büro zu Büro in endlos langen Schlangen an, füllte Formulare aus, unterschrieb Briefe, bat die Kirchen und die Institutionen, die den Verzweifelten helfen, um Hilfe und lernte nach und nach, wie schwer es für einen Toten ist, eine Arbeit oder eine Frau zu finden.

Ein Anwalt riet ihm, sich aufzuhängen, da es unmöglich sei, das offizielle Personenstandsregister zu ändern und Lal Bihari nicht beweisen konnte, dass er sich nur lebend stellte. Er hatte auch keine Gewerkschaft, die ihn schützte.

Da gründete er die Vereinigung der Verstorbenen Indiens.

Es war die erste Gewerkschaft von Toten auf der ganzen Welt.

PAPA GEHT INS STADION

Während eines Fußballspiels in Sevilla meint Sixto Martínez zu mir:
»Es gibt hier einen Fan, der immer mit seinem Vater kommt.«
»Na klar«, antworte ich. »Wie der Vater, so der Sohn.«
Sixto nimmt die Brille ab und schaut mich eindringlich an:
»Der, von dem ich dir erzähle, kommt mit seinem verstorbenen Vater.«
Dann lässt er die Lider fallen:
»Das war sein letzter Wille.«
Sonntag auf Sonntag bringt der Sohn die Asche seines Erzeugers und stellt sie neben sich auf die Tribüne. Der Verstorbene hatte ihn darum gebeten:
»Nimm mich mit, um meinen geliebten Club Betis zu sehen.«
Anfangs kam der Vater in einem Gefäß aus Glas ins Stadion.
Eines Nachmittags verboten die Stadionordner, dass die Flasche mit hineingenommen wurde, wegen der Gewalt in den Stadien.
Seither kommt der Vater in einer Schachtel aus plastifiziertem Karton.

VERLORENE SPUREN

An jedem 2. November reisen in Mexiko die Toten, um die Lebenden zu besuchen.
An diesem heiligen Tag, einem ausgedehnten Fest von einem Tag mit einer Nacht, kommen die Lebenden und die Toten zusammen und essen und trinken und tanzen und singen und erzählen.
Aber viele der Toten verirren sich unterwegs, so sehr die Glocken und die Gebete sie auch rufen und so leicht sich der Weg auch zu finden scheint, den die Blumen ihnen weisen.
Sie, die Verirrten, sind vor langer Zeit gegangen, sind weit fort gegangen, vom Hunger und von den Kugeln vertrieben, und sind weit fort gestorben.
Jetzt sind sie arme, umherirrende Seelen, die ziellos wandern und ihre Heimat suchen, um sich für einen Tag, einen einzigen Tag, mit den Menschen zu treffen, die auf sie warten: *meine Leute, die Meinen.*
Doch es kommt vor, dass auch ihre Leute den Wohnort und alles andere gewechselt haben, und das, was war, ist nicht mehr das, was war, und ist nicht mehr dort, wo es war, und man weiß nicht mehr, wer wer ist noch wer von wo stammt, ob von hier oder von dort oder von nirgendwo her.

ABWESEND OHNE ANKÜNDIGUNG

Mexiko, Tag der Toten, im Jahr 2012.

Auf dem Dolores-Friedhof hat keine Stecknadel mehr Platz. Ein ganzes Volk hat sich versammelt, um auf seine Verstorbenen zu warten. Doch der am meisten Erwartete, Diego Rivera, der Maler, ist wieder nicht erschienen.

Es heißt, er habe gesagt:

»Ich bin doch nicht so verrückt zu kommen. Ich habe drei Witwen, die alle auch hier begraben sind, und ich habe keine Lust, dass sie mir den Tod verderben.«

DIE OPFERGABE

Einmal fragte ich Fernando Benítez, der sich mit Lebenden und mit Toten auskannte, weshalb die Verstorbenen, die jeden 2. November nach Mexiko zurückkehren, immer oder fast immer verstorbene Männer sind und nie oder fast nie verstorbene Frauen.

Er antwortete, ohne zu antworten, indem er mir die traurige Geschichte der verblichenen Juana erzählte.

Fernando hatte von diesem Unglück in Cihualtepec gehört, aus dem Mund eines gewissen Pafnucio, dem seine Frau Juana gestorben war und der eine andere geheiratet hatte, »weil ich nicht zum Alleinsein geboren bin«.

Und dann nahte das Fest der Toten und Pafnucio war weit, sehr weit fort zum Arbeiten, und gab seiner neuen Frau diesen Auftrag: Sie solle der verstorbenen Juana ein Altärchen bauen und ihr eine Opfergabe darauf legen.

Da baute die Neue das Altärchen und legte darauf als Opfergabe einen erhitzten Stein, so heiß, dass er rot glühte, »diese köstliche Speise, die dir dein verehrter Panufcio schickt«.

Die verblichene Juana bekam dieses Feuer in den Mund, und bis in die fernste Ferne war ihr Geschrei zu hören.

»Und stellen Sie sich vor«, erzählte Pafnucio. »In vollem Galopp ritt ich nach Hause, um Gerechtigkeit zu schaffen. Wissen Sie, ich war ja immer ein friedlicher Mann, deshalb hab ich ihr, als sie mir ihre böse Tat gestand, nur ein paar ganz wenige Hiebe mit der Peitsche versetzt.«

DIE ANDEREN STERNE

Wenn der Tag der Toten kommt, lässt man in einigen Maya-Dörfern wie Sumpango y Sacatepéquez die größten und buntesten Drachen der Welt fliegen.
Die Drachen säen neue Sterne in die dreizehn Himmel.
Sie werden von allen gemacht, den Kindern und den Alten, und oben im Himmel kreuzt sich ihr Weg mit dem der Toten, die auf die Erde niederkommen, wo ein guter Schluck und köstliche Speisen auf sie warten.
Und wenn der Wind kräftig weht, nimmt er bei seinem Spiel die Drachen mit und auch die Kinder, die die Drachen an den Schnüren halten.
Keins der Kinder schreit. Sie singen, während sie fliegen, und weigern sich, den Stimmen zu gehorchen, die ihnen von der Erde aus den Ausflug verderben wollen.

DIE KÖNIGE DES KIRCHHOFS

Enrique Antonio, geboren in den Hochnebeln, die von Mérida heraufziehen, hat viele Menschen kommen sehen, die geblieben sind, und sogar eine Auferstehung hat er miterlebt: Ein Toter wurde mitten in der Totenwache zornig, als die Trauernden über den Preis des Begräbnisses diskutierten, und er stand auf und sagte:

»Wenn das so ist, dann gehe ich lieber zu Fuß.«

Enrique mag es nicht, wenn man ihn Totengräber oder Bestatter nennt. Er ist der König des Kirchhofs, wie sein Kollege Fortunato Martínez, der die Toten des Dorfes Arenales der Erde übergibt.

Die Beiden regieren schon seit einigen Jahren in ihren Königreichen:

»Ich passe auf meine Toten auf, und sie auf mich«, sagen sie.

Und jeden Tag heben sie frühmorgens die Kreuze auf, die der Wind oder der Regen oder das Alter umgeworfen haben, und pflanzen die Kreuze wieder dahin, wo sie hingehören. Es wäre schließlich unverzeihlich, wenn sie ein Kreuz auf den falschen Toten setzen würden.

LETZTER WILLE

Am letzten Morgen des Jahres 1853 zahlte Ciriaco Cuitiño, der Polizeikommissar und ein gefürchteter Gurgeldurchschneider gewesen war, die Rechnung.
Er schuldete viele Tode.
Nie hatte ihm die Hand gezittert, und es zitterte ihm auch nicht die Stimme, als er seinen letzten Willen äußerte:
»Nadel und Faden.«
Und dann nähte er sich in aller Seelenruhe, Stich für Stich, die Hose an sein Hemd, so wie es eine so wichtige Gelegenheit erforderte.
Auf einem der größten Plätze von Buenos Aires baumelte Ciriaco viele Stunden am Galgen, zur Abschreckung der Aufrührer.
Die Hose fiel ihm dabei nicht herunter.

DIE MUSIK AM ABZUGSHAHN

Im Ceará, im Norden Brasiliens, trockene Gegend, harte Menschen, gibt es welche, die schon bei der Geburt zum Sterben verurteilt sind.

Als die Herren über Ländereien und über Menschen beschlossen, den Gefährlichsten aus dem Weg zu räumen, übertrugen sie die Aufgabe einem Cangaceiro, einem Banditen von erwiesener Tüchtigkeit, der schon eine ordentliche Anzahl Opfer auf dem Buckel hatte.

Sie warnten ihn:

»Das wird sehr schwierig. Er wird gut bewacht von Leibwächtern, die alle in seiner Schuld stehen.«

Und sie fragten ihn:

»Bist du zu allem bereit? Hast du genügend Mut?«

Und der Cangaceiro antwortete:

»Genügend Mut, weiß ich nicht. Aber Erfahrung schon.«

FARBEN

Im Laufe von tausend Jahren hat die Jungfrau Maria vier Mal die Farbe gewechselt.
Als sie um ihren ermordeten Sohn trauerte, trug sie schwarz.
Dann ging sie zu blau über, und von blau zu golden.
Seit 1854 trägt die Jungfrau weiß, nämlich als Papst Pius IX. das Dogma der Unbefleckten Empfängnis verkündete.
Weiß ist die Farbe der Reinheit der Frau, die die Mutter Gottes wurde, ohne jemals von Männerhand berührt worden zu sein.

KÖRPER, DIE SINGEN

In verschiedenen Wäldern, an verschiedenen Flüssen Amerikas ist immer noch ein Brauch lebendig, der vor langer Zeit die europäischen Eroberer in Angst und Schrecken versetzte: Die Körper der Indigenen zeigen vielfarbige Nacktheit.

Von Kopf bis Fuß leuchten die Körper in Arabesken und Symbolen, die mit rot, schwarz, weiß oder blau aufgemalt sind.

Die Indios sagen, dies seien Werke der Götter, die ihre Schritte leiten und ihre Zeremonien erleuchten sollen.

Die bemalten Körper sind Impfungen der Schönheit gegen die Traurigkeit.

DER KÖRPER IST EINE SÜNDE

Im Jahre 1854 ließ sich nach sechs Jahren Ehe der englische Schriftsteller John Ruskin scheiden.

Seine Frau führte an, er habe nie seine ehelichen Pflichten erfüllt, und er rechtfertigte sich, indem er versicherte, sie leide unter *einer ungeheuerlichen Anomalie.*

Ruskin war der am meisten geachtete Kunstkritiker im viktorianischen England.

Er hatte zahllose nackte Frauen gemalt, gezeichnet oder aus Stein gemeißelt gesehen, doch niemals hatte er eine Frau mit Schamhaar gesehen, weder auf der Leinwand, noch in Marmor, viel weniger noch im Bett.

Als er es in seiner Hochzeitsnacht zum ersten Mal entdeckte, verdarb ihm die Enthüllung dieses Haars zwischen den Beinen die Ehe. Diese *ungeheuerliche Anomalie* war eine Unanständigkeit der Natur, einer gut erzogenen Dame unwürdig und vielleicht typisch für die wilden Negerinnen, die sich im Urwald nackt präsentieren, so als sei der ganze Körper ein Gesicht.

HEILIGE FAMILIE

Strafender Vater,
Shingebungsvolle Mutter,
unterwürfige Tochter,
stumme Ehefrau.
Wie Gott befiehlt, die Tradition lehrt und das Gesetz
erzwingt:
der Sohn vom Vater verprügelt,
der vom Großvater verprügelt wurde,
der die Großmutter verprügelte,
die zum Gehorchen geboren war,
denn das Gestern ist die Bestimmung des Heute, und alles,
was war, wird weiter so scin.
Doch an irgendeine Wand an irgendeinem Ort schreibt
jemand:
»Ich will nicht überleben.
Ich will leben.«

ERSTE JUGEND

Es war noch nicht lange her, dass ich lange Hosen anhatte, da zog ich eines Abends zu verbotener Stunde allein los zu den Bars im Hafen von Montevideo.
An der Ecke der Yacaré-Straße hörte ich plötzlich so etwas wie ängstliches Wimmern und das Klatschen von Ohrfeigen.
Ich holte tief Luft, nahm all meinen Mut zusammen und ging darauf zu. Und da sah ich es. Im Licht irgendeiner Straßenlaterne gewahrte ich eine Frau, die mit ausgebreiteten Armen und dem Rücken an der Wand stand und verprügelt wurde. Zaghaft trat ich näher und sagte, oder wollte sagen:
»Hören Sie mal, mein Herr, so behandelt man doch nicht …«
Der Angesprochene schickte mich mit einem Faustschlag zu Boden.
Dort blieb ich liegen, während er meine Rippen mit Fußtritten traktierte und sie, die Geschlagene, mir die Absätze ihrer Schuhe auf den Schädel niedersausen ließ wie jemand, der Nägel einschlägt.
Ich weiß nicht mehr, wie viel Zeit verging, bis sie es leid wurden, mit ihrer Strafaktion aufhörten und weggingen, er weit vorneweg und sie ganz folgsam hinterdrein.
Da lag ich, bis mir jemand zur Hilfe kam.
Ich hatte eine Lektion erhalten.
Gelernt habe ich sie nie.

DIE LUST, EIN MÄNNLICHES PRIVILEG

Was ist dieses Fleischröllchen, das da zwischen den Beinen der Frauen hervorschaut? Wozu ist es gut? Die Wissenschaft fand keine Antwort darauf, bis sich die Gewissheit durchsetzte, dass die Klitoris ein Irrtum der weiblichen Anatomie war.
Im Jahre 1857 entschied der englische Wissenschaftler William Acton:
»Die anständige Frau sucht keine Lust im Geschlechtlichen. Sie will nur ihren Ehemann zufriedenstellen und ihm Kinder schenken.«
Zu der Zeit war schon bewiesen worden, dass der weibliche Orgasmus reine Einbildung war und nicht benötigt wurde für die geheiligte Ausübung der Mutterschaft.

TUGENDHAFTE

Die Geistlichen, die das Keuschheitsgelübde abgelegt hatten, waren die Experten, die die Regeln des Sexuallebens diktierten.
Im Jahr 1215 befand der Kardinal Robert de Courçon: »Dem frommen Mann missfällt es, Lust zu empfinden, doch erträgt er dieses Missfallen, um gesunde Kinder zu zeugen.«
Die Kirche drohte: Als Leprakranke oder Epileptiker kämen die Kinder zur Welt, die an einem der dreihundert Tage vorgeschriebener Enthaltsamkeit gezeugt würden.

STRAFEN

Im Jahre 1953 veröffentlichte das Bürgermeisteramt von Lissabon die Verordnung Nr. 69 035:

»Da ein Anstieg der Verstöße gegen die Moral und die guten Sitten festgestellt werden konnte, die Tag für Tag an öffentlichen Plätzen und in öffentlichen Parks stattfinden, wird erlassen, dass die Polizei und die Parkwächter ständig diejenigen Personen unter Beobachtung behalten, die das dichte Gebüsch aufsuchen, um Handlungen auszuführen, die gegen die Moral und die guten Sitten verstoßen, und es werden folgende Strafen festgesetzt:

1. Hand auf Hand: $ 2,50
2. Hand an dem Bewussten: $ 15,00
3. Das Bewusste in der Hand: $ 30,00
4. Das Bewusste in dem Bewusstem: $ 50,00
5. Das Bewusste hinter dem Bewussten: $ 100,00

Besonderer Paragraf: Mit der Zunge in dem Bewussten, $ 150,00 Strafe, Gefängnis und erkennungsdienstliche Behandlung.

KÜSS MICH!

Die Kussologen haben gezeigt, dass ein leidenschaftlicher Kuss 39 Muskeln des Gesichts und anderer Körperregionen in Aktivität versetzt.
Es ist auch bewiesen worden, dass der Kuss die Grippe, den Scharlach, die Pocken, die Tuberkulose und andere Krankheiten übertragen kann.
Den Wissenschaftlern zum Dank wissen wir jetzt, dass ein Kuss olympische Athleten zur Erschöpfung bringen und die gesündesten Exemplare der menschlichen Art rettungslos krank machen kann.
Und dennoch …

DIE UNGEHORSAME

Wie uns die uralten Stimmen erzählen, war Eva nicht die erste Frau, die Gott Adam anbot.
Da gab es vorher eine andere. Sie hieß Lilith und sah gar nicht schlecht aus, hatte aber einen großen Fehler: Sie besaß nicht das geringste Interesse, ihr Leben im Dienst Adams zu verbringen.
Die Gemälde, immer Werke anonymer männlicher Künstler, zeigen sie nackt in ihrem Reich der Nacht, mit Fledermausflügeln ausgestattet, von Schlangen umgeben, mit Flammen, die aus ihrem Unterleib schlagen und einem dämonischen Lächeln, dürstend nach dem Blut von Männern.
Lilith ist nicht sehr beliebt in der Welt der Männer.
Kein Wunder.

GASTRONOMISCHE CHRONIK

Chicheface war eine von der Volkskultur im Frankreich des Mittelalters erfundene Gestalt.
Dieses Ungeheuer ernährte sich ausschließlich von Frauen, die den Befehlen ihrer Ehemänner niemals widersprachen.
Sie waren der einzige Leckerbissen auf seinem Speisezettel.
Doch waren die Gehorsamen ziemlich dünn gesät, auch wenn manche Historiker anderes behaupten.
So wenige gab es von ihnen, dass der arme Chicheface vor Hunger sterben musste.

SCHULDIGE

Aglaonike, die erste weibliche Astronomin, die im 5. Jahrhundert vor Christus in Griechenland lebte, wurde der Hexerei angeklagt, weil sie Sonnen- und Mondfinsternisse vorhersagen konnte, und man hatte den Verdacht, sie sei es, die den Mond verschwinden ließe.
Ein paar Jahrhunderte später, im August des Jahres 1322, wurde in Paris Jacoba Felice der Prozess gemacht. Sie heilte Kranke, doch diese Fähigkeit war Frauen untersagt und gesetzlich den unverheirateten männlichen Ärzten vorbehalten.

DIE VERFLUCHTE

Catalina de los Ríos y Lisperguer, *La Quintrala* genannt, die schönste Frau Chiles, wurde angeklagt, Hexerei getrieben, ihren Vater vergiftet, ihre Liebhaber erstochen und ihre Dienstboten misshandelt zu haben.
Doch ihr schlimmstes Verbrechen war noch etwas anderes: Sie war mit roten Haaren zur Welt gekommen. Ihr langer Schopf war aus den Flammen des Höllenfeuers gemacht, und ihre Sommersprossen waren das eindeutige Zeichen, dass sie vom Teufel abstammte.
Sie starb 1665. Ihr riesiges Vermögen – ererbte Ländereien und Sklaven – erlaubten es ihr, sich die Begnadigung zu erkaufen und rettete sie davor, auf dem Scheiterhaufen zu sterben, den die Inquisitoren schon für sie aufgeschichtet hatten.

LOVE STORY

Die Orchidee, Schönheitskönigin in den Gärten der Welt, ruft nach Amor, und der Liebesgott eilt herbei. Amor schwört, dass seine Absichten ehrlich sind, und die Orchidee glaubt, dies sei die Biene ihrer Träume, die Fliege ihres Lebens, ihr heiß ersehnter Schmetterling, und sie seufzt tief, weil sie meint, jetzt kann sie endlich eine Familie gründen und wunderschöne kleine Insekten hervorbringen, die Mama ähnlich sehen.

Doch dauert diese ewige Liebe nur dreißig Sekunden. Der Liebhaber wird der ehelichen Eintönigkeit überdrüssig, stellt fest, dass diese Orchidee nicht seinen Lieblingsnektar enthält, nimmt den Blütenstaub mit und macht sich auf die Suche nach anderen Blüten, fliegt von Blüte zu Blüte, dringt in sie ein und flieht weiter.

Die desillusionierte Orchidee lässt die Hoffnung nicht sinken.

Und wartet weiter.

Charles Darwin, ein großer Orchideenliebhaber, erzählte diese traurige Geschichte in streng wissenschaftlichen Begriffen, drei Jahre, nachdem er sein berühmtes Werk über den Ursprung der Arten veröffentlicht hatte.

LÄUSE

In Panama hörte ich Leute reden:
»Sie sind schmutzig. Sie haben Läuse. Die Indios sind schmutzig.«
Auf dem Archipel von San Blas, spiegelglattes Meer, Inseln mit weißen Sandstränden, stellte ich fest, dass es stimmte und auch nicht: Die Kuna-Indios haben Läuse, doch baden sie so häufig und mit solcher Begeisterung, dass ich mich in jenen Tagen bei ihnen zum König der Ferkel krönte.
Bis oben auf den Kopf kommt das Wasser nicht. Die Indios behalten die lebenden Läuse auf dem Kopf, damit sie von der geliebten Person dort weggeklaubt werden.
Die Tradition will, dass der, der dich liebt, beweisen muss, dass er dich liebt, indem er dich vor diesen winzigen Plagegeistern rettet.

SPINNEN

Im Dorf Sabaneta nannte man ihn den *Spinnenjungen*, weil er durch die Straßen ging und Spinnen feilbot: »Heiße Spinnen, außen knusprig, ganz zart innen!« »Köstliche Spinnen, da kann der Kunde nur gewinnen!« Doch die Spinnen, die jener Junge verkaufte, hatten keine haarigen Beine, fingen niemand in ihren Netzen, vergifteten niemand und hatten auch nicht die schlechte Angewohnheit, das Männchen nach dem Liebesakt zu verspeisen.
Niemand wusste, warum sie diesen Namen trugen, die Leckereien, die die Großmutter von Hugo Chávez aus Papayasaft zubereitete und mit deren Verkauf ihr Enkel zum Familienunterhalt beitrug.

DIESER NACKEN

Im Jahre 1967 verbrachte ich eine Zeitlang in Guatemala, als dort die Todesschwadronen, Militärangehörige ohne Uniform, Angst und Schrecken verbreiteten. Das war der schmutzige Krieg: Die Armee der USA hatte ihn in Vietnam angewandt und führte ihn jetzt in Guatemala ein, seinem allerersten lateinamerikanischen Labor.
Im Regenwald lernte ich die Guerilleros kennen, die meist gehassten Feinde dieser Terrorfabrikanten.
Um sie tief in den Bergen zu treffen wurde ich im Auto von einer Frau dorthin gefahren, die mit großer List allen Kontrollposten auswich. Ich sah sie nicht und hörte auch nicht ihre Stimme. Sie war von Kopf bis Fuß vermummt und sagte während der dreistündigen Fahrt kein einziges Wort, bis sie mir schließlich mit Gesten bedeutete, die hintere Tür zu öffnen und mir den Eingang zu dem geheimen Pfad wies, dem ich in den Wald hinein folgen musste.
Jahre später erfuhr ich, dass sie Rogelia Cruz hieß, dass sie die Guerilla unterstützt hatte und dass sie 26 Jahre alt war, als ihr Leichnam unter einer Brücke gefunden wurde, tausend Mal missbraucht und verstümmelt von dem Oberst Máximo Zepeda und seinen Soldaten.
Ich hatte nur ihren Nacken vor mir gesehen.
Ich sehe ihn immer noch vor mir.

DIESE AUGEN

Cesare Pavese hatte geschrieben:
»Der Tod wird kommen und deine Augen haben.«
Er traf ihn in einem Hotel in Turin, in einer Sommernacht im Jahr 1950.
An seinen Augen erkannte er ihn.

DIESER HARTNÄCKIGE KLANG

Jeden Tag um Punkt zwei Uhr nachmittags erklang die Sirene der Fabrik in jener Kleinstadt bei Alicante. Und um Punkt zwei bezog Joaquín Manresa an der Straßenecke Stellung und wartete.

Und dann erschien, in die Pedale ihres Fahrrads tretend, das Gesicht im Wind, das Haar offen, diese einzigartige Frau unter den vielen Arbeiterinnen, die alle zur selben Zeit ihre Schicht beendeten. Doch diese anderen, die sah Joaquín nicht.

Nie verpasste er diese Verabredung, mit niemandem getroffen, und sie hielt nie an und stieg vom Fahrrad.

Und Joaquín erfuhr nie ihren Namen.

Viele Jahre später ging er durch die Straßen von Porto, sehr weit weg von seiner Kleinstadt bei Alicante, andere Gegend, andere Sprache, anderes Land, als er wieder jene unverwechselbare Fabriksirene hörte, jenes hässliche Geheul, das ihm zweiunddreißig Jahre zuvor den großen Augenblick eines jeden Tages ankündigte.

Und er bezog Stellung an der Straßenecke und wartete.

Niemand kam vorbei.

Da war niemand.

Die Sirene hatte sich getäuscht.

Es war der 1. Mai.

BEZIEHUNGSKRACH

Sonne und Mond lebten zusammen und kamen bestens miteinander aus, bis die Sonne den Mond dabei erwischte, wie er sich leidenschaftlich mit der Venus küsste. Die Sonne zerkratzte ihm das Gesicht. Den Mapuches zufolge sieht man die Narben der Strafe bis heute auf dem Körper des Mondes. Und aus seinen silbernen Tränen entstand die indigene Kunst der Silberschmiede.

Und sie lebten nie mehr zusammen. Wenn die Sonne aufgeht, versteckt sich der Mond. Und wenn der Mond erscheint, verschwindet die Sonne.

FAMILIÄRE VERWICKLUNGEN

Der Landarzt Roberto Bouton hat im ländlichen Uruguay viele Stimmen gesammelt.
So verabschiedete sich ein gewisser Canuto – Holzfäller, Hirte und Tagelöhner – folgendermaßen aus dem Leben:
»Schauen Sie mal, Herr Doktor. Ich habe nämlich eine Witwe geheiratet, die hatte eine schon ziemlich erwachsene Tochter, und da kommt mein Vater und verliebt sich in diese Tochter und heiratet sie, und so wurde mein Vater zu meinem Schwiegersohn und meine angeheiratete Tochter wurde meine Stiefmutter.
Und meine Frau und ich bekamen einen Sohn, der war Schwager meines Vaters und gleichzeitig mein Onkel. Und dann bekam meine Tochter einen Sohn, der war dann mein Bruder und gleichzeitig mein Enkel.
Können Sie mir folgen, Herr Doktor? Ist alles ein bisschen kompliziert, ich geb's ja zu, doch unterm Strich kam schließlich dabei heraus, dass ich der Ehemann und Enkel meiner Frau war. Und so kam es, Doktor, dass ich eines schlechten Tages plötzlich feststellte: Ich bin ja mein eigener Großvater!
Verstehen Sie? Eine unerträgliche Situation! Ich erzähle Ihnen das, weil Sie Arzt sind und viel verstehen vom Leben.«

ENTHÜLLUNGEN

Das Telefon klingelte.
Der Akzent war unverwechselbar, doch ich erkannte die Stimme nicht.
Viel Zeit war vergangen, ohne voneinander gehört zu haben. Ich wusste nichts von diesem Freund, der in Montevideo geblieben war, als ich ins Exil ging.
»Komm einfach vorbei«, sagte ich zu ihm und gab ihm die Abfahrtszeiten der Züge durch, die die katalanische Küste bis Calella de la Costa entlangfuhren.
Während ich zum Bahnhof ging, fielen mir ein paar gemeinsame Erlebnisse ein.
Mein Freund hatte sich nicht sehr verändert. Das offene, ehrliche Lachen war noch genau dasselbe, und er war es auch.
Wir liefen durch die Straßen des kleinen Ortes.
Eine Weile sagte er nichts, dann presste er schließlich zwischen den Zähnen hervor:
»Wie hässlich!«
Und schweigend gingen wir weiter.
Dies war das erste Mal, dass ich jemanden das sagen hörte.
Und vielleicht war es auch das erste Mal, dass mir klar wurde, wie sehr es stimmte.
Und es tat mir weh.
Und weil es mir weh tat, wurde mir klar, dass ich den kleinen Ort liebte, in dem ich lebte.

DER TAXIFAHRER

Es ist schon einige Jahre her, da war ich zum ersten Mal in Stockholm.
Und zum ersten Mal stieg ich in ein schwedisches Taxi.
Am Ende der Fahrt stieg der Fahrer aus, als steige er vom Bock einer Pferdekutsche, öffnete mir den Wagenschlag, kassierte das Fahrgeld, gab mir sehr höflich das Wechselgeld heraus und verabschiedete sich mit einer leichten Verbeugung.
Es war sehr kalt, wie immer, und ich gestehe, dass mir so viel Aufopferung ungerecht vorkam.
Am Abend sprach ich mit meinen Freunden darüber.
Gab es etwa in Schweden keine sozialistische Regierung?
Was sollte diese Unterwürfigkeit aus Zeiten der großen Herren und Lakaien?
Sie schwiegen.
Dann erklärten sie mir mit allergrößter Geduld, dass der Taxifahrer nichts anderes getan hatte, als ein Gesetz einzuhalten, das die sozialistische Regierung verabschiedet hatte, um die Arbeiter zu schützen.
Um den Fahrpreis für seine Fahrten zu kassieren, musste der Fahrer jedes Mal aus dem Wagen steigen. Und dabei machte er jedes Mal ohne es zu merken Gymnastik. Diese wenigen Schritte über die Straße waren gut für den Blutdruck, sorgten für Muskelbewegung und nützten auch den Lungen.
Die Berufskrankheiten der Taxifahrer hatten dramatisch abgenommen, seit das Gesetz in Kraft getreten war.

DIE NEUGEBORENE

Am letzten Apriltag des Jahres 2013 kam in Caracas Galulú Guagnini zur Welt.
Ihr Vater Rodolfo erklärte:
»Sie ist gekommen, um uns alles noch einmal neu beizubringen.«

APHRODITE

Es war noch nicht lange her, dass Catalina und Felipe das Meer entdeckt hatten, und niemand konnte sie aus dem Wasser holen. Sie verbrachten ihre Tage damit, über die Brandungswellen zu springen, während die Förmchen, die Schäufelchen und Eimer vergessen im Sand lagen.
Eines Abends erzählte ich ihnen:
»Es gab einmal eine Frau, die hieß Aphrodite. Sie war aus dem Schaum geboren. Und mir kommt es vor, als ob ihr das auch seid.«
Am nächsten Morgen hörte ich ein Geschrei von der Brandung her.
Das waren sie, und sie riefen dem Schaum zu:
»Mama!«

LILLARIUM

Sätze, die die Señorita Lila Rodríguez sagte, als sie zwischen fünf und sechs Jahre alt war:

»Warum sieht man am Himmel keine Marsmenschen?«

»Hat das Baby schon Spielzeug, wenn es noch im Bauch der Mama ist?«

»Ich bin in Gefahr! Zwei Ameisen starren mich an!«

»Von allen Buchstaben gefällt mir das U am besten, weil es lacht.«

»Warum hast du das Licht angeschaltet, Mama? Warum hast du das Licht der Dunkelheit ausgemacht?«

»Ich möchte mir ins Ohr beißen, aber das geht nicht!«

»Weißt du was? Ich möchte immer dort sein, wo ich nicht bin.«

»Wenn ich groß bin, möchte ich keine Kinder haben, weil die einem auf den Geist gehen.«

»Ob ich diese Kekse für morgen will? Ja, natürlich! Die Zukunft hat Hunger.«

»Den Nikolaus gibt es wirklich, weil ich es so will.«

DER ERFINDER

Manuel Rosaldo war erst vor kurzem in die Schule gekommen, da erfand er die Impfung.
Es piekste hinten, wirkte aber im Kopf. Eine einzige Spritze reichte aus, um einem alles Wissen einzuimpfen, das die Menschheit im Laufe von Tausenden und Abertausenden Jahren der Suche nach den Geheimnissen der Welt angesammelt hatte.
Diese Erfindung war sehr gut für das erfinderische Kind, das auf diese Weise immer Ferien haben konnte; aber sie war auch von unzweifelhafter Nützlichkeit für seine Eltern und Lehrer, die keine Zeit mehr damit zu vergeuden brauchten, dem Schüler das beizubringen, was er schon auf dem Weg der Injektion gelernt hatte.
So wie es auch mit anderen großen Erfindungen der Menschheit geschehen ist, nahm niemand diese pädagogische Revolution ernst.

KINDER, DIE BENENNEN

Dies sind die Stimmen von Kindern, die in den Schulen von Antioquia, in Kolumbien, lernen, den Dingen einen Namen zu geben.

Die Stimmen sind von Javier Naranjo und anderen Lehrern gesammelt worden.

Mund: Gott hat ihn zum Kauen gemacht, aber man benutzt ihn zum Sprechen.

Regen: Das ist Jesus, wenn er pinkelt.

Teufel: Das ist der Geschwätzigste von allen.

Entfernung: Das ist, wenn jemand von jemand weggeht.

Geist: Das ist der zweite Körper, der tot noch lebt.

Krieg: Leute, die sich wegen eines Stücks Land oder eines Stücks Frieden gegenseitig umbringen.

Kirche: wo die Leute hingehen, um Gott zu verzeihen.

Mond: Das ist der, der uns die Nacht schenkt.

Universum: das Haus der Sterne.

DAMALS IN MEINER KINDHEIT

Es war die Nacht vom 5. auf den 6. Januar.
Ich legte einen Brief in meinen Schuh und daneben ein paar Handvoll Gras und stellte ein paar Gläser mit Wasser für die Kamele dazu, die erschöpft aus dem Orient kommen sollten.
Während der gesamten Nacht machte ich kein Auge zu.
Ab und an hörte ich die Huftritte der Kamele, die mit riesigen Lasten beladen einherschritten, und ich erahnte die Schatten der Heiligen Drei Könige.
Kaum ging die Sonne auf, da sprang ich aus dem Bett und lief hinüber, um zu sehen, welches Spielzeug mir die Heiligen Drei Könige gebracht hatten.
Ein paar Monate später ging ich das erste Mal in die Schule.
Während der Pause war einer meiner Klassenkameraden so freundlich, mich aufzuklären:
»Du Dummkopf. Weißt du denn immer noch nicht, dass die Heiligen Drei Könige deine Eltern sind?«
Ich brauchte ein Weilchen, bis ich begriff. Als ich blind vor Wut wieder zu mir kam, trieb ich ihn an die Wand und prügelte auf ihn ein, bis er zu heulen anfing.
Die Direktorin warf mich hinaus.
Als ich begnadigt wurde und zurückkommen durfte, sprach niemand mehr über dieses gefährliche Thema.

DIE BERUFUNG

Er heißt Rama und arbeitet in Tenali, einem Dorf im Süden Indiens.
Er war noch sehr klein, als er seine Berufung entdeckte.
Es geschah im Tempel der Göttin Kali.
Zu Füßen der Göttin kniend, sang der kleine Rama die Hymne, mit der sie verehrt wird, doch konnte er einen Lachanfall nicht unterdrücken.
Der Göttin gefiel das überhaupt nicht.
Sie hat tausend Gesichter, und mit ihren tausend Mündern forderte sie Erklärungen von ihm ein.
Das Kind gestand:
»Ich habe eine einzige Nase. Es ist immer ziemlich kompliziert, mich zu schnäuzen, wenn ich erkältet bin. Wie stellst du es an, um deine tausend Nasen zu schnäuzen?«
Die Göttin verurteilte ihn zu lebenslangem Lachen. Und davon lebt er jetzt.

DIESE FRAGE

Die Familie Majfud war von der uruguayischen Militärdiktatur verfolgt worden, hatte Gefängnis und Folter und Demütigungen erlitten und war all der Habe beraubt worden, die sie je besessen hatte.
Eines Morgens spielten die Kinder in einem alten Karren, als sie einen Schuss hörten. Sie waren weit weg, doch der Knall überquerte die Felder von Tacuarembó und da wussten sie, wer weiß, wie, wer weiß, weshalb, dass der Knall aus dem Bett ihrer Tante Marta kam, der meist geliebten.
Seit jenem Morgen fragt sich Nolo, der Jüngste der Familie, wieder und wieder:
»Warum werden wir geboren, wenn wir doch sterben müssen?«
Jorge, sein älterer Bruder, versucht ihm zu helfen.
Er sucht eine Antwort.
Die Jahre ziehen vorüber, so wie die Bäume vor dem Fenster eines Zuges vorüberziehen. Jorge sucht immer noch nach der Antwort.

DER REGEN

Von all der Musik der Erde und des Himmels, von aller Musik, die ich von oben und von unten höre, ist mir das Concierto für Regen solo das liebste.
Als säße ich in der Messe, so höre ich ihm zu, immer wenn er sich auf dem Oberlicht bei mir zu Hause hören lässt.

DIE WOLKEN

Nachts, wenn niemand sie anschaut, kommen die Wolken zum Fluss herab.
Über den Fluss gebeugt, saugen sie das Wasser auf, das sie später auf die Erde niederregnen lassen.
Manchmal, wenn sie mitten in der Arbeit sind, fallen ein paar Wolken ins Wasser, und der Fluss nimmt sie mit sich fort.
Wenn es Morgen wird, kann jeder, der will, die gefallenen Wolken vorbeikommen sehen.
Sie treiben auf dem Wasser, träge Schiffchen aus Baumwolle, und schauen zum Himmel hinauf.

DER SELTSAME FLUSS

Es waren Kinder, die aus dem Landesinneren gekommen waren, von sehr weit her aus dem Landesinneren, und sie waren noch nie am Strand von Piriápolis gewesen, an überhaupt keinem Strand, und hatten noch nie das Meer gesehen.
Sie trauten sich gerade mal, die Füße ins Wasser zu tauchen, doch keines wagte sich in die Brandung.
Um die Angst zu überwinden, erklärte eins der Kinder, das Klügste, was das Meer war:
»Es ist ein Fluss mit nur einem Ufer.«

DIE WEGE DES FEUERS

In den alten, uralten Zeiten gab es an den Blumen keine Blütenblätter und auf der Pampa keine Gauchos, sondern Dinosaurier.

Viel, viel später kam das Feuer.

Seither rettet uns das Feuer vor der Dunkelheit und der Kälte. Und während es seine irdischen Aufgaben erledigt, schickt es seinen Rauch in den Himmel hinauf, zur Wohnstatt der Götter.

Wie man mir in Michoacán erzählte, ist der Rauch die Nahrung der Götter.

Oder rauchen die Götter vielleicht?

DER MOND

Der Mond kam schier um vor lauter Lust, die Erde zu besuchen.
Nach langem Zögern ließ er sich fallen.
Er war nur für ein Weilchen gekommen, doch als er wieder zum Himmel hinaufreisen wollte, blieb er in der Krone eines Baumes hängen.
Der Mond meinte schon, er würde sich niemals mehr aus diesem Gefängnis aus Zweigen befreien, und fühlte sich schrecklich einsam, doch er hatte das Glück, dass aus den Tiefen des Waldes ein Wolf auftauchte, und der Wolf verbrachte die ganze Nacht damit, mit ihm zu spielen, ihn mit seiner Schnauze zu streicheln, ihn an seinem weißen Bauch zu kitzeln und ihm Witze zu erzählen, die gar nicht mal so schlecht waren.
Kurz vor Tagesanbruch half ihm der Wolf, sich aus den Zweigen zu befreien, und der Mond flog davon, in den Himmel hinauf.
Doch flog er nicht allein: Er stahl dem Wolf seinen Schatten, damit dieser niemals die gemeinsame verbrachte Nacht vergessen sollte.
Deshalb heult der Wolf.
Er bettelt darum, dass der Mond ihm seinen gestohlenen Schatten zurückgibt.
Der Mond stellt sich taub.

DAS MEER

Helena saß schon Stunden oder Jahre am Meer, das sich zu ihren Füßen öffnete und ihre Augen und Lungen überschwemmte.
Sie fand es einfach zu schade, aufzustehen und fortzugehen.
Und um niemals fortzugehen, ging sie fort, doch sie setzte Räderchen unter das Meer und nahm es mit. Als ob es ihr Schatten sei, denn das Meer war, wie sie, aus Sonne und Salz gemacht.

Die Geschichten erzählen

Carlos Bonavita sagte immer zu mir:
»Wenn es wahr ist, dass der Weg beim Gehen entsteht, dann müsstest du eigentlich Verkehrsminister sein.«

Meine Füße lassen sich gern die Küste von Montevideo entlangtreiben, am Ufer des Río de la Plata. Im Jahre 1656 schrieb Antonio de León Pinelo in Madrid, dies sei einer der vier Flüsse des Garten Eden. Ich glaube, da übertrieb er ein bisschen, um ehrlich zu sein, obwohl in meiner Kindheit oder wenigstens in meiner Erinnerung sein Wasser noch ganz klar war.

Die Jahre sind vergangen und jetzt ist es nicht mehr so klar, das Wasser dieses Flusses, der so breit ist wie ein Meer, doch ich wandere immer noch sein Ufer entlang, während in mir, dem gewanderten Wanderer, das Fleckchen Erde wandert, wo ich geboren bin.

So wandere ich, und in mir wandern auch die Wörter, auf der Suche nach anderen Wörtern, um die Geschichten zu erzählen, die sie erzählen wollen.

Die Wörter reisen ohne Eile, wie wandernde Seelchen, die in der Welt umherirren, und wie die Sternschnuppen, die sich manchmal sehr langsam vom Himmel des Südens fallen lassen.

Die Wörter wandern pulsierend. Und erst kürzlich habe ich ganz zufällig erfahren, dass im Türkischen *Wandern* und *Herz* dieselbe Wurzel besitzen (*yürümek, yürek*).

Vor einer ganzen Reihe von Jahren, während meines Exils an der Küste Kataloniens, hörte ich einmal die besonders aufmunternde Bemerkung eines kleinen Mädchens von acht oder neun Jahren, das, wenn ich mich recht erinnere, Soledad hieß.
Ich trank gerade einen guten Schluck mit seinen Eltern, Exilanten wie ich, als es mich beiseite rief und mich fragte:
»Und du, was machst du so?«
»Ich …? Ich … schreibe …«
»Schreibst du Bücher?«
»J… Ja …«
»Ich mag keine Bücher«, beschied die Kleine knapp.
Und weil sie mich schon in den Seilen hatte, schlug sie gleich noch mal richtig zu:
»Bücher sind so still. Ich mag lieber Lieder, weil Lieder fliegen können.«
Seit meiner Begegnung mit diesem Engelchen Gottes versuche ich zu singen. Nie ist es mir gelungen, nicht mal in der Dusche. Immer wenn ich singe, rufen die Nachbarn, dieser Hund da solle endlich aufhören zu jaulen.

Ich kenne Jorge Ventocilla nicht. Besser gesagt, ich kenne ihn nicht persönlich, doch meine Bücher sind seine Freunde, und durch sie bin ich es auch.
Als *Spiegelungen* veröffentlicht wurde, beschloss Jorge, dass dieses Buch, das in Panama niemand kannte, es verdient hatte, von Hand zu Hand zu wandern.
Er hatte nicht viel Geld gespart, doch in einem Anfall von Wahnsinn nahm er alles, was er hatte, um damit Exemplare von *Spiegelungen* zu kaufen und in Umlauf zu bringen, in den Cafés, den Geschäften, den Friseursalons, den Verkaufsbuden, überall, und mit einem Hinweis, den er selbst hineingeschrieben hatte:
»Dieses kostenlose Buch ist ein reisendes Buch. Sie lesen es und geben es jemand anders weiter.«
Und genau so geschieht es immer noch.

Ich hatte nicht das Glück, Scheherazade kennenzulernen.
Ich habe die Kunst des Erzählens nicht in den Palästen von Bagdad gelernt.
Meine Universitäten waren die alten Kaffeehäuser Montevideos.
Die Geschichtenerzähler lehrten mich alles, was ich weiß.

In den paar Schuljahren, die ich genoss, weil ich über die Mittelstufe nicht hinauskam, war ich ein Desaster in Geschichte. Doch in den Cafés entdeckte ich, dass die Vergangenheit zur Gegenwart werden konnte, und dass die Erinnerung auf eine Weise erzählt werden kann, durch die sich das Gestern in Heute verwandelt.

Meine Lehrer waren die bewundernswerten Lügner, die sich in den Cafés trafen, um die verlorene Zeit zu finden.

Bei den Freundesrunden, in die ich mich meistens still und heimlich hineinschmuggelte, hörte ich eine der besten Geschichten, die mir das Leben je bot. Sie hatte sich zu Beginn des 20. Jahrhunderts zugetragen, zur Zeit der berittenen Hirten auf den Weiden meines Landes, doch der Erzähler erzählte sie auf so ansteckende Art, dass wir alle dort waren, wo er angeblich damals gewesen war.

Er hatte nach einer Schlacht das von Leichen übersäte Schlachtfeld besichtigt.

Unter den Toten sah er auch einen wunderschönen Jüngling, der ein Engel sein musste oder zumindest so aussah. Um den Kopf trug er ein weißes Stirnband, von rotem Blut durchtränkt.

Auf dem Stirnband stand geschrieben: *Für das Vaterland und für sie.*

Die Kugel war bei dem Wort *sie* eingedrungen.

Einer meiner Lehrmeister in der Kunst des Erzählens hieß Rolendio Martínez.

Ich glaube, er konnte weder lesen noch schreiben.

Als ich ihn kennenlernte, ging er schon auf die Hundert zu und sagte:

»Ich besitze kein Alter. Ich habe auch keinen Geburtstag mehr und eine Uhr benutze ich auch nicht.«

Voller Zärtlichkeit gedachte er seiner Freunde aus längst vergangenen Zeiten, aber er schenkte ihnen auch nichts.

»Ja, das war ein guter Kerl. Aber mehr als gut war er auch nicht.«

Und wenn er vom Krieg erzählte, begann er mit folgender Erklärung:

»Ich bin ja kein verwitweter Kaiman, einer von denen, die immer nur hinter sich schauen; aber ich habe das alles noch ganz genau vor mir.«

Die Bilder hatten sich ihm seit seiner frühesten Kindheit wie mit Feuer eingebrannt, und er sah sie immer noch.

Ein paar Reiter waren wie der Wind vor seinen Kinderaugen vorbeigaloppiert. Und da war ein Mann, dem sie die Kehle durchgeschnitten hatten, und er sah ihn immer noch; die offene Wunde klaffte von Ohr zu Ohr, das Blut sprudelte in einem unaufhaltsamen Strahl daraus hervor:

»Der Unglücksrabe hatte sein Pferd verloren, stolperte einher, fuchtelte dabei wie wild mit den Armen und hatte keine Ahnung, dass er längst tot war.«

Das Buch *Der Ball ist rund* schrieb ich zur Bekehrung der Heiden. Ich wollte dazu beitragen, dass die Lesefans die Angst vor dem Fußball verlören, und dass die Fußballfans die Angst vor den Büchern verlören. Doch mehr hatte ich mir niemals vorgestellt. Dabei hat dieses Buch Víctor Quintana zufolge, der Abgeordneter im mexikanischen Parlament war, ihm das Leben gerettet. Mitte 1997 wurde er von professionellen Killern entführt. Man hatte sie angeheuert, um ihn für seine Bloßstellung schmutziger Geschäfte zu bestrafen.
Er lag schon gefesselt mit dem Gesicht nach unten am Boden und wurde mit Fußtritten traktiert, als sich die Killer bei der letzten Atempause vor dem Gnadenschuss über Fußball in die Haare kriegten. Da mischte sich Víctor, mehr tot als lebendig, in den Streit ein und begann, Geschichten aus dem Buch zu erzählen, wodurch er jede dieser Geschichten gegen Lebensminuten eintauschte, so wie Scheherazade eine Geschichte gegen jeweils eine von tausend und einer Nacht des Lebens eintauschte.
Und so vergingen die Stunden und die Geschichten.

Schließlich ließen ihn die Killer liegen, gefesselt und übel zugerichtet, doch am Leben.
»Du bist kein schlechter Kerl«, sagten sie und gingen mit ihren Kugeln woanders hin.

In *Zeit, die spricht* erzähle ich eine Geschichte, die sich 1967 im größten Fußballstadion von Kolumbien zutrug.
Keine Stecknadel passte mehr hinein, das Stadion kochte. Es ging um die Meisterschaft, das Spiel wurde zwischen den beiden stärksten Mannschaften von Bogotá ausgetragen: dem Verein *Millonarios* und dem Club *Santafé*.
In der letzten Minute dieses Super-Lokalderbys fiel Omar Devanni, Torjäger von *Santafé*, im Strafraum; der Schiedsrichter entschied auf Strafstoß.
Doch Devanni war nur ausgerutscht: Niemand hatte ihn zu Fall gebracht, nicht einmal berührt. Der Schiedsrichter hatte sich geirrt, aber konnte angesichts der tobenden Menge im Stadion keinen Rückzieher mehr machen.
Da führte Devanni diesen Elfmeter aus, der eigentlich keiner hätte sein sollen. Ganz ruhig führte er ihn aus, schoss den Ball weit, sehr weit über das gegnerische Tor.
Diese mutige Tat besiegelte seinen Niedergang, doch verlieh ihm das Recht, sich jeden Morgen mit gutem Gewissen im Spiegel anzuschauen.

Ein paar Jahre später erhielt ich einen Brief von jemand, den ich nicht kannte, Alejandro Amorín. Zu jener Zeit hatte Devanni den aktiven Fußball längst hinter sich gelassen und war Inhaber einer Kneipe irgendwo an der Karibikküste, als jener Alejandro ihn nach dieser alten Geschichte fragte. Anfangs tat Devanni so, als erinnere er sich nicht. Schließlich sagte er, ja, könne vielleicht sein, wer weiß, vielleicht habe er diesen Elfer wirklich schlecht geschossen, »ist mir halt so passiert, hab den Ball schlecht getroffen, war keine Absicht, so geht das halt im Fußball …«
Als wolle er sich dafür entschuldigen, so viel Würde gehabt zu haben.

Noch eine Geschichte aus *Zeit, die spricht*. An einem bestimmten Oktobertag läutete Jahr für Jahr das Telefon zu Hause bei Mirta Colángelo.
»Hallo, Mirta, hier spricht Jorge Pérez. Du kannst dir sicher denken, weshalb ich dich anrufe. Heute vor sechzehn Jahren habe ich damals die Flasche gefunden. Und wie immer rufe ich an, um das zu feiern.«
Jorge hatte seinen Job verloren und die Lust zu leben auch, und er wanderte verzweifelt zwischen den Felsen bei Puerto Rosales umher, als er eins dieser Schiffe aus der Flaschenflotte fand, die Mirtas Schüler jedes Jahr ins Meer warfen. In jeder Flasche steckte ein Brief.

In dem Brief aus der Flasche, die Jorge fand und der ganz durchnässt, aber noch lesbar war, stand zu lesen:
»Ich heiße Martín und bin acht Jaare alt. Ich suche einen Freund auf den Wegen des Wassers.«
Jorge las den Brief, und der Brief holte ihn ins Leben zurück.

Tage und Nächte von Liebe und Krieg beginnt mit einem Satz von Karl Marx, der mir immer besonders gefallen hat, weil er so viel Optimismus ausstrahlt:
»In der Geschichte wie in der Natur ist die Fäulnis das Laboratorium des Lebens.«
Als das Buch ins Deutsche übersetzt wurde, fragte mich der Übersetzer, der das Marx'sche Werk in- und auswendig kannte, wo ich diesen Satz gefunden hätte, den er nicht kannte und in keinem Buch gefunden hätte.
Hier muss ich erklären, dass ich zu den wenigen Lebewesen gehöre, die die folgenden vier Taten vollbracht haben: Ich habe die Bibel von vorne bis hinten gelesen; ich habe *Das Kapital* von vorne bis hinten gelesen; ich habe Los Angeles von einer Seite zur anderen zu Fuß durchquert; und ich habe Mexiko-Stadt ebenfalls zu Fuß durchquert, von einem Ende zum anderen. Ich dachte, der Satz stamme aus dem Kapital, und dort suchte ich ihn auch beharrlich, doch fand

ich ihn nicht. Ich war mir sicher, dass mich meine Erinnerung an diese perfekte Synthese dialektischen Denkens des großen bärtigen Deutschen nicht trog, und antwortete dem Übersetzer:
»Der Satz stammt von Marx, er hat nur vergessen, ihn aufzuschreiben.«

Im Jahre 1970 reichte ich *Die offenen Adern Lateinamerikas* zum Wettbewerb von Casa de las Américas in Kuba ein. Und verlor.
Der Jury zufolge war das Buch nicht seriös genug. Im Jahre 1970 setzte die Linke Seriosität noch mit Langeweile gleich.
Die offenen Adern wurden dann veröffentlicht und hatten das Glück, von den Militärdiktaturen besonders ausgezeichnet zu werden, indem sie es verboten.
Tatsächlich kam das Buch erst dadurch zu seinem Ruhm, denn bis dahin waren kaum Exemplare verkauft worden, nicht mal meine Familie hatte es gekauft.
Doch durch den Erfolg, den das Buch in den Kreisen der Militärs hatte, wurde das Buch immer mehr gelesen. Außer in meinem Heimatland Uruguay, wo es während der ersten sechs Monate der Militärdiktatur ohne Probleme in die Militärgefängnisse gelangte.
Eigentlich seltsam, denn in jenen Jahren, den Jahren des *Plan Cóndor*, in denen sich in mehreren Ländern Latein-

amerikas die Militärdiktaturen mit sehr ähnlichen – beinahe denselben – Zügen fortpflanzten, verboten sie auch dieselben Dinge.
In Uruguay dachten die Zensoren, als sie den Titel des Buches sahen, sie hielten ein anatomisches Werk in Händen, und medizinische Lehrbücher waren nicht verboten.
Der Irrtum währte nicht lange.

James Cantero, Uruguayer wie ich es bin, Fußballspieler wie ich es gern gewesen wäre, schrieb mir im Jahre 2009 einen Brief.
Ich kannte ihn nicht.
Er sagte mir, er habe etwas, das er mir geben wolle.
Und gab es mir.
Eine alte Ausgabe der *Offenen Adern*.
Ein Hauptmann der Armee von El Salvador hatte sie ihm gegeben, schon mehrere Jahre zuvor.
Das Buch war um die halbe Welt gereist, hatte James und seine Fußballerwanderungen begleitet.
»Es hat dich gesucht. Es hat auf dich gewartet«, sagte er, als er es mir überreichte.
Das Buch war von einer Kugel durchbohrt worden, eine tödliche Verletzung; ein Loch im Umschlag, ein zweites auf der Rückseite.

Der Hauptmann hatte das Buch im Rucksack eines toten Guerilleros gefunden, eines der vielen bei den Kämpfen in Chalatenango Ende 1984 Gefallenen.
Es war sonst nichts in dem Rucksack.
Dem Hauptmann wurde nie klar, weshalb er das Buch mitgenommen und auch nicht, warum er es behalten hatte.
Und auch James konnte nicht erklären, nicht einmal sich selbst, warum er es ein Vierteljahrhundert von Land zu Land mit sich herumgeschleppt hatte.
Auf jeden Fall gelangte das Buch nach langer Wanderschaft in meine Hände. Und das ist es auch jetzt noch.
Es ist das Einzige, was von diesem namenlosen jungen Mann geblieben ist.
Dieses durch einen Schuss hingerichtete Buch ist sein Leib.

In *Spiegelungen* erzählte ich Geschichten, die kaum oder gar nicht bekannt waren.
Eine dieser Geschichten hatte sich in Spanien zugetragen, im Jahre 1942.
Der Putsch von Francisco Franco, der *Nationale Erhebung* genannt wurde, aber nichts weiter war als ein ganz gewöhnlicher Staatsstreich, hatte die spanische Republik vernichtet.

Die siegestrunkene Diktatur verkündete, dass eine Gefangene, Matilde Landa, öffentlich ihren satanischen Ideen abschwören wolle und im Gefängnis das heilige Sakrament der Taufe erhalten sollte.
Die Zeremonie konnte nicht ohne die Hauptperson beginnen. Doch Matilde Landa war verschwunden.
Sie stürzte sich vom Dach des Gefängnisses, ihr Körper zerplatzte wie eine Bombe auf dem Gefängnishof.
Das Schauspiel wurde nicht unterbrochen. Der Bischof taufte diesen zerschmetterten Körper. *Spiegelungen* war schon in der Druckerei, als ich einen Brief der Korrektorin erhielt, die im Verlag arbeitete und ihre Arbeit als Fehlerjägerin beendet hatte.
Sie wollte wissen, woher ich meine Informationen hatte. Alle Daten stimmten, doch sie kannte sie nur aus Erzählungen ihrer Familie.
Matilde Landa war ihre Tante.

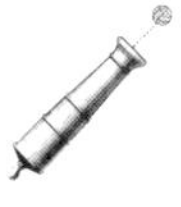

Meine Enkeltochter Catalina war zehn Jahre alt. Wir gingen zusammen eine Straße in Buenos Aires entlang, als jemand auf uns zukam und mich bat, ihm eins meiner Bücher zu signieren, ich weiß nicht mehr, welches.

Dann gingen wir beide weiter, schweigend, die Arme umeinander geschlungen, bis Catalina den Kopf schüttelte und diesen ermutigenden Kommentar von sich gab:
»Ich verstehe das ganze Getue nicht, wo doch nicht einmal ich deine Bücher lese.«

Vor einiger Zeit war ich in einer Schule in Salta, im Norden Argentiniens, um den Kindern Geschichten vorzulesen.
Am Schluss bat die Lehrerin sie darum, Briefchen zu schreiben und darin die Geschichten zu kommentieren.
Eins der Briefchen gab mir den Rat:
»Schreib einfach weiter, dann wird's mit der Zeit schon besser.«

Diese Geschichte wird gern in den Schulen meines Landes gelesen.
Eines Nachmittags ging ich im Rodó-Park spazieren, am Ufer des Meeresstroms von Montevideo, als ich mich unversehens von einer lärmenden Kinderschar umringt fand, in ihren Schulkitteln mit den großen, blauen Schleifen vor der Brust.

Die Kinder schrien:
»Das ist der Herr von den Feuerchen! Das ist der Herr von den Feuerchen!«
An jenem Nachmittag verlieh mir diese Schar von Knirpsen den einzigen Adelstitel, den ich je in meinem Leben erhalten habe.

Der 1. Mai ist der internationalste Tag von allen. Die ganze Welt hält inne, um der Arbeiter zu gedenken, die in Chicago wegen des Verbrechens gehenkt wurden, sich zu weigern, mehr als acht Stunden täglich zu arbeiten.
Bei meiner ersten Reise in die Vereinigten Staaten stellte ich überrascht fest, dass dort der 1. Mai ein Tag wie jeder andere war und nicht einmal die Stadt Chicago, wo die Tragödie stattgefunden hatte, Notiz davon nahm. Und in meinem *Buch der Umarmungen* gestand ich, dass mir diese Erinnerungslosigkeit weh tat.
Lange Zeit später erhielt ich einen Brief von Diana Berek und Lew Rosenbaum aus Chicago.
Sie hatten nie dieses Datum gefeiert, doch im Jahre 2006 konnten sie zum ersten Mal, zusammen mit einer niemals zuvor gesehenen Menge, die Arbeiter ehren, die ihren Mut mit dem Galgen bezahlt hatten.
»Chicago umarmt dich«, stand in dem Brief.

Marie-Dominique Perrot war Lehrerin an einer Schule in Genf.

Mitte des Jahres 1995 berichtete sie mir, dass ein Feuer die Schule zerstört habe, von der nicht mehr übrig geblieben sei als rauchende Trümmer und verbogenes Eisen. Und sie berichtete mir, dass am Tag danach einer der Lehrer das Verbot missachtet habe, die Ruine zu betreten, und mit einem halb verbrannten Buch zurückgekehrt sei. Es war ziemlich angesengt, doch konnte man noch mehr schlecht als recht seinen Namen erraten: *Mémoire du feu.*

Der erste Band meiner *Erinnerung an das Feuer* in seiner französischen Übersetzung war der einzige Gegenstand, der die Flammen überlebt hatte.

In ihrem Brief schrieb mir die Lehrerin:

»Es ist, als habe das Feuer seinen Stempel unter das Werk setzen wollen, das es verrichtet hatte.«

Und sie fügte hinzu:

»Das erinnerte mich an die Antwort von Jean Cocteau, als man ihn einmal fragte, was er aus seinem Haus retten wollte, wenn es in Brand geriete. »Das Feuer«, erwiderte er.«

Bei der schwierigen Aufgabe, mit wenig viel zu sagen, haben mir, ohne jegliches Mitleid, Helena Villagra und Fernando Rodríguez viel geholfen.
Fernando war aus einfachem Holz geschnitzt, stammte aus einem armen Elternhaus und hatte wenig oder gar keine Schulbildung, doch besaß er eine sehr feine Nase, um überflüssige Wörter aufzuspüren.
Als ich den zweiten Band von *Erinnerung an das Feuer* schrieb, stand ich vor der Herausforderung, mit wenigen Worten die Geschichte von Camila O'Gorman und dem Priester Ladislao Gutiérrez zu erzählen, die im Mittelpunkt eines Skandals standen, der Buenos Aires Mitte des 19. Jahrhunderts erschütterte und an dessen Ende die beiden wegen des Verbrechens der Liebe durch Erschießen hingerichtet wurden.
Es ist sehr schwierig, die Liebe zu erzählen, und sie ohne zu viele Wörter zu erzählen. Fernando, der damals bei uns wohnte, war mit allem unzufrieden:
»Es sind zu viele Steine unter den Linsen«, sagte er wieder und wieder, bis so viele Wörter getilgt waren, diese Steine unter den Linsen, dass die Geschichte von dieser verurteilten Liebe nur noch aus einer Zeile bestand.
Da gab sich Fernando schließlich geschlagen.
Diese Zeile lautete:
»Zwei einzelne sind sie nur durch ein Versehen, das die Nacht wiedergutmacht.«

Meine Trilogie *Erinnerung an das Feuer* entstand aus einem Gedicht von Konstantinos Kavafis. Als ich den großen Dichter aus Alexandria las, spürte ich eine Herausforderung: weshalb nicht das Universum durchs Schlüsselloch betrachten? Weshalb nicht über die Vergangenheit schreiben, indem ich die große Geschichte von der kleinen Geschichte aus erzählte? Der Sieg von Marcus Antonius in Griechenland wird im Gedicht von Kavafis aus der Perspektive eines armen Händlers erzählt, der auf seinem Eselchen sitzt und etwas zu verkaufen versucht, und niemand hört ihm zu.

Auf meinen Wanderungen als Geschichtenerzähler las ich eines Abends meine Texte in der galizischen Stadt Ourense.
Ein Mann musterte mich mit gerunzelter Stirn und ohne mit der Wimper zu zucken von der letzten Reihe aus: das Gesicht eines Bauern, von der Arbeit und den Jahren gegerbt, das sogar noch beim Küssen zornig ausschaut.
Als die Lesung zu Ende war, näherte er sich langsamen Schritts und sah mich starr an, als wolle er mich umbringen. Doch er brachte mich nicht um.
Er sagte:

»Wie schwer muss es wohl sein, so einfach zu schreiben.« Und nach diesem Satz, der klügsten literarischen Kritik, die ich in meinem ganzen Leben bekommen habe, drehte er sich um und ging grußlos fort.

Spiegelungen schrieb ich auf dem Hintergrund eines Traums.

Normalerweise sind meine Träume von einer unsäglichen Mittelmäßigkeit. Verpasste Flüge, bürokratischer Dschungel, Städte, die ich nicht kenne, Stürze aus dem 10. Stock …

Meine Frau Helena hat wundervolle und für mich demütigende Träume. Das Frühstück ist immer sehr peinlich, denn sie erzählt mir ihre Träume, die so gar nichts mit meinen zu tun haben, in denen ich mich verzweifelt mit einem Beamten streite, weil ich nicht verstehe, was er mir sagt, oder einfach nur mein Flugzeug verpasse.

Und sie meint dann:

»Ah, du hast dein Flugzeug verpasst … Ich habe gestern Nacht auch einen Traum von einem Flughafen gehabt. Ich habe geträumt, wir beide stünden in einer sehr, sehr langen Schlange. Und jeder Passagier hielt ein Kopfkissen unter dem Arm. Und diese Kopfkissen mussten durch eine Maschine laufen, die die Träume der vorigen Nacht lesen konnte, anders gesagt, jedes Kissen enthielt die Träume,

und die Maschine war ein Detektor für gefährliche Träume.«
Und dann sagt sie ganz bescheiden:
»Ich glaube, das hat etwas mit der öffentlichen Unsicherheit zu tun.«
Ich trinke einen Schluck Milchkaffee, gehe eine halbe Stunde ins Exil auf dem Klo und versuche, erhobenen Hauptes zurückzukehren, doch fällt es mir nicht gerade leicht.
Einmal jedoch hatte ich einen ziemlich guten Traum, und der war's auch, der am Anfang von *Spiegelungen* stand. In diesem Traum stieg ich in ein Taxi und bat den Fahrer:
»Fahren Sie mich zur französischen Revolution. Bringen Sie mich dorthin, wo Olympe de Gouges gerade zur Guillotine gebracht wird.«
Und der Taxifahrer brachte mich ohne weiteres dorthin. Ich wollte Olympe sehen, in dem Moment, als sie auf die Guillotine stieg und einen wunderschönen Satz sagte, den ich hören, sehen wollte: Sehen, wie sie sagte:
»Wenn wir Frauen auf die Guillotine steigen können, warum können wir dann nicht auf die Rednertribünen steigen?«
Und dann fuhr ich im Traum mit dem Taxi weiter und befahl dem Fahrer:
»Und jetzt bringen sie mich nach Brasilien, nach Congonhas do Campo. Ich will Aleijadinho sehen, wie er seine Propheten aus Stein meißelt.«

Und los ging's. Nebenbei bemerkt weise ich auf das wunderbare Paradox hin: Aleijadinho, der hässlichste Mann Brasiliens, schuf die herrlichsten Werke der kolonialen Kunst Amerikas. Der hässlichste Mann schuf die allergrößte Schönheit.

Und so wollte ich das alles kennenlernen, aber es auch sehen, direkt vor mir. Und der Taxifahrer folgte meinen Anweisungen, und im Traum reiste ich auf den Straßen der Welt, ohne Grenzen auf der Landkarte oder in der Zeit. Und daraus entstand dieses Buch: Weil ich es schon geträumt hatte, konnte ich es auch gerade so gut aufschreiben.

An einem anderen dieser Geschichtenerzählerabende las ich den Studenten einer mexikanischen Universität ein paar meiner Texte vor.

Einer dieser Texte aus meinem Buch *Zeit, die spricht* erzählte, dass der spanische Dichter Federico García Lorca während der langen Diktatur von Franco ermordet und verboten worden war, und dass eine Theatergruppe aus Uruguay die wunderbare Kühnheit besessen hatte, nach vielen Jahren erzwungenen Schweigens eins seiner Stücke an einem Theater in Madrid aufzuführen. Und dass das spanische Publikum, als das Stück zu Ende war, nicht applaudiert hatte, oder besser gesagt: mit den Füßen applaudiert hatte, indem es auf den Boden trampelte, und die

uruguayischen Schauspieler waren völlig verblüfft gewesen. Sie verstanden gar nichts.
So schlecht hatten sie gespielt? Und hatten also diesen Protest verdient?
Lange Zeit später, als mir China Zorrilla, die zu dieser Truppe unverantwortlicher Schauspieler gehörte, in Montevideo diese Geschichte erzählte, dachte ich zuerst, dass sie erfunden sein könnte. Doch gleich darauf fiel mir ein: Vielleicht galt dieser Donner auf dem Boden dem Autor, der erschossen wurde, weil er ein Roter war, weil er schwul war, weil er anders war. Vielleicht war dies eine Art, ihm zu sagen:
»Damit du spürst, Federico, wie lebendig du bist.«
Und als ich dies in der mexikanischen Universität erzählte, passierte mir etwas, das mir nie zuvor passiert war, so oft ich diese Geschichte auch in verschiedenen Städten in Andalusien und an anderen Orten erzählt hatte: Die Studenten applaudierten mit den Füßen. Sechstausend Füße, die sich die Seele aus dem Leib trampelten. Und so führten sie meine Geschichte fort und führten das fort, was meine Geschichte erzählte, so, als geschähe dies in einem Theater in Madrid, viele Jahre zuvor. Derselbe Donner auf dem Boden, dieselbe Art zu sagen:
»Damit du spürst, Federico, wie lebendig du bist.«

Und bei einer anderen Lesung, diesmal in Athen vor den Studenten der Polytechnischen Hochschule, leistete mir ein Hund namens Kanelos Gesellschaft. Er legte sich auf dem Podium zu meinen Füßen. Ich kannte ihn nicht, doch hatte er die Geduld, mir von Anfang bis Ende mit erhobenem Kopf zuzuhören. Kanelos war ein Hund von der Rasse *Hund*, ein Straßenköter, wie man so sagt, ungezogen und frech, der keine Demonstration der Studenten verpasste und immer an der Spitze mitlief, wo er die Polizisten herausforderte.

Sieben Jahre später, im Jahre 2010, explodierte die Wut die Griechen. Die Studenten führten die Proteste gegen die Vernichter von Ländern an, die Griechenland dazu zwingen wollten, für die Sünden der Wall Street zu zahlen, und an der Spitze des Volkszorns zwischen Tränengasschwaden und Feuerwerk war ein Hund zu sehen. Ich erkannte ihn auf den Fotos: Es war Kanelos. Doch meine griechischen Freunde sagten mir, Kanelos seit eineinhalb Jahre zuvor gestorben.

Ich erklärte ihnen, dass sie sich irrten. Dieser aufmüpfige Hund, dieser abgerissene Stadtstreicher war Kanelos. Jetzt nannte er sich Lukanikos, um seine Feinde zu verwirren.

Ein paar Jahre, bevor Salvador Allende zum Präsidenten Chiles gewählt wurde, hatte ich das Glück, ihn auf einer Reise in den Süden zu begleiten.
Ich hatte noch nie zuvor in meinem Leben Schnee gesehen. Dies war das erste Mal. Wir tranken guten Wein in kleinen Schlucken und stießen an, während draußen vor dem Fenster langsam der Schnee in sanften Wattebäuschchen fiel.
An jenem Abend in Punta Arenas gab mir Allende die Rede zu lesen, die er bei der Wahlkampfveranstaltung halten wollte.
Am nächsten Tag fiel mir im Lärm der Kundgebung ein Satz auf, der nicht in dem Manuskript stand, das ich gelesen hatte.
Vielleicht war er eine unfreiwillige Prophezeiung.
Wer weiß.
Allende sagte:
»Es lohnt sich für das zu sterben, ohne das es sich zu leben nicht lohnt.«

Es ist schon einige Jahre her, da lernte ich bei der Wochenzeitschrift *Marcha* eine Menge von Carlos Quijano.

Nie werde ich den Nachmittag vergessen, an dem wir gemeinsam die Reden der Politiker hörten, die mitten im Wahlkampf im Radio übertragen wurden.
Sie versprachen viel, sagten wenig und glaubten beinahe an nichts.
Don Carlos hörte zu und schwieg. Schließlich murmelte er: »Die einzige Sünde, für die es keine Vergebung gibt, ist die Sünde gegen die Hoffnung.«

Kinder der Tage ist ein Buch, das in der Form eines Kalenders geschrieben ist. Auf jeder seiner Seiten entsteht eine Geschichte. Oder anders gesagt: Jeder Tag hat eine Geschichte zu erzählen.
Als Sonia Breccia es las, suchte sie nach ihrem wirklichen Geburtstag: Nicht dem Tag, an dem sie geboren war, sondern dem Tag, an dem sie hätte zur Welt kommen wollen.
Seither feiert Sonia jeden 13. Mai, auch wenn dieser Tag nicht in ihrem Personalausweis steht.
Sie wählte ihn, weil ihr die Geschichte gefiel, die dieser Tag erzählt.
Und dieser Tag erzählt, was mir vor vielen Jahren ein weiser Alter tief in den Wäldern erzählte, wo der Rio Orinoco entspringt.
»Wenn du die Welten der Welt sehen willst, verändere deine Augen.

Wenn du willst, dass die Vögel deinen Gesang hören können, verändere deine Kehle.«

In *Kinder der Tage* erzählte ich die Geschichte eines außergewöhnlichen Afrikaners, des Königs von Dahomey, Agaja Trudo, der sich weigerte, Sklaven zu verkaufen und den Händlern mit Menschenfleisch den Krieg erklärte.
Kurz nach der Veröffentlichung des Buches erhielt ich einen Brief von Carlos Feo: Er hatte das Museum des Königspalastes von Dahomey besucht, und dort gab es keine Spur von jenem König. Agaja Trudo war aus der Geschichte getilgt worden, weil er die Sünde begangen hatte, gegen das einträchtigste Geschäft der europäischen Mächte seiner Zeit aufzustehen.
Carlos erzählte mir auch, dass die schlimmste Feindin jenes rebellischen Königs die Frau seines Vaters gewesen war, die unbedingt den Thron besteigen wollte und mit allen Mitteln das Recht auf den Verkauf von Menschen verteidigte. Und als Agaja Trudo die Sklaverei verbot, machte er eine einzige Ausnahme: Er verkaufte nur sie.

Unter vielen anderen Geschichten, die in *Wandelnde Worte* versammelt sind, gibt es eine, die von den Abenteuern eines Kindes mit seinem Schatten erzählt.

Die Geschichte endet so:

»Und jetzt, nach so vielen Jahren, wo das Kind seine Kindheit weit hinter sich gelassen hat, tut es ihm in der Seele weh, sterben zu müssen und seinen Schatten allein zu lassen.«

Eine Leserin, Daidie Donnelle, schrieb mir, um mir zu sagen, dass ich mir keine Sorgen machen solle: Der Schatten bliebe schon nicht allein, weil ihn der Schatten seines Schattens begleiten würde.

Im letzten Band von *Erinnerung an das Feuer* erzähle ich die Geschichte eines fünfjährigen Mädchens, der Tochter eines politischen Gefangenen aus Uruguay, die den Namen *Milay* trug, zu Ehren eines vietnamesischen Dorfes, das durch die Invasion der nordamerikanischen Armee von der Landkarte getilgt wurde. Von da an bekam ich mehrfach Briefe von den Eltern, die ihre neu geborenen Mädchen Milay nennen wollten, dies aber nicht konnten, weil die Bürokratie es ihnen nicht erlaubte. Aus der Stadt Rosario in Argentinien erzählte mir Nélida Gómez von ihren erfolglosen Versuchen:

»Meine Tochter hat immer noch keine Geburtsurkunde«, schrieb sie mir im März 1999 in einem Brief.

Dieser merkwürdige Name stand nicht im Heiligenkalender und gehörte auch nicht zur Tradition, wie sie im nationalen Namensregister festgehalten war. Milay hatte nicht das Recht, Milay zu heißen.

Im Jahr 2012 signierte ich Bücher in der *Casa del Libro*, dem Haus des Buches, in Barcelona.

»Für wen?«

Ich hörte den Namen und signierte mit der entsprechenden Widmung.

Manchmal fügte ich etwas hinzu, eine kleine Zeichnung, eine Bemerkung, etwas, das mir half, mir nicht wie ein Roboter vorzukommen, der mit orthopädischer Hand immer dieselbe Unterschrift wiederholte.

Und so ging das, Buch auf Buch.

Bis ich einen jungen Mann fragte, der schon ein Weilchen in der Schlange stand.

»Für wen?«

Ich bekam eine Antwort, die ich nicht erwartet hatte.

»Für den Río Paraná.«

Nie zuvor hatte ich einem Fluss eins meiner Bücher gewidmet.
Dies war das erste.

Vor vielen, vielen Jahren, als ich die Höhlen von Altamira besichtigte, war ich tief beeindruckt von der Anmut der Höhlenmalereien. Doch traute ich mich nicht, laut zu fragen:
»Diese Wunder, sind das nicht vielleicht die Werke von Frauen statt von Männern?«
Die Frage entstand aus nichts anderem als meinem Staunen, doch als ich sie in einem meiner Bücher stellte, gab es durchaus Stimmen, die mich der feministischen Demagogie bezichtigten.
Die Jahre vergingen, und 2013 fasste ein nordamerikanischer Wissenschaftler, Dean Snow, seine langen Forschungsjahre in den urzeitlichen Höhlen folgendermaßen zusammen:
»Ich bin zu dem Schluss gekommen, dass die Mehrzahl dieser Malereien von Frauen stammt, nicht von Männern.«
Und er begründete auch, was er da behauptete.
Meine Frage war aus reiner Phantasie entstanden. Jetzt hatte sie einen Begleiter gefunden.

Prontuarium

VOLLSTÄNDIGSTE AUTOBIOGRAFIE

Ich wurde am 3. September 1940 geboren, während Hitler halb Europa verschlang und die Welt nichts Gutes zu erwarten hatte.

Schon in sehr jungen Jahren besaß ich ein großes Talent dafür, Fehler zu machen. Weil ich so oft ins Fettnäpfchen trat, wurde bald klar, dass ich bei meiner Reise durch die Welt eine tiefe Spur hinterlassen würde.

In der ehrlichen Absicht, die Spur zu vertiefen, wurde ich Schriftsteller, oder versuchte es zumindest.

Meine erfolgreichsten Arbeiten sind drei Artikel, die unter meinem Namen im Internet zirkulieren. Auf der Straße halten mich die Leute an, um mich zu beglückwünschen, und immer, wenn das geschieht, zupfe ich Blätter vom Gänseblümchen:

»Ich bringe mich um, ich bringe mich nicht um, ich bringe mich um …«

Keiner dieser Artikel ist von mir geschrieben.

KÜRZESTE BESCHREIBUNG DES AUTORS

Ich könnte sehr gut der Weltmeister der Zerstreuten sein, wenn es eine solche Meisterschaft gäbe: Oft genug irre ich mich im Wochentag, der Uhrzeit und dem Ort, es fällt mir schwer, Tag und Nacht zu unterscheiden, und ich verpasse meine Verabredungen, weil ich verschlafen habe.
Meine Geburt hat bestätigt, dass Gott nicht unfehlbar ist; und dennoch irre ich mich nicht immer, wenn es darum geht, die Menschen auszuwählen, die ich liebe, und die Ideen, an die ich glaube.
Ich verabscheue diejenigen, die sich selbst bemitleiden, hasse die Nörgler, bewundere die, die in der Lage sind, Schicksalsschlägen schweigend die Stirn zu bieten, und zum Glück fehlt mir nie ein Freund, der sagt, ich solle einfach weiterschreiben, mit der Zeit werde alles besser, und man bekomme eine Glatze vom vielen Denken, das sei eine Berufskrankheit.
Schreiben ist anstrengend, aber es tröstet auch.

WESHALB ICH SCHREIBE / 1

Ich möchte euch eine Geschichte erzählen, die für mich sehr wichtig gewesen ist: meine erste Herausforderung als Schriftsteller, das erste Mal, dass ich mich von dieser Aufgabe herausgefordert fühlte.

Es geschah in dem bolivianischen Ort Llallagua. Ich verbrachte eine Weile in diesem Bergbaugebiet. Genau dort war es im Jahr zuvor zum Massaker der Johannisnacht gekommen, als der Diktator Barrientos auf die Bergarbeiter schießen ließ, die tanzend und trinkend die Johannisnacht feierten. Und der Diktator ließ sie von den Hügeln aus, die den Ort umgeben, mit Maschinengewehrgarben niedermähen. Es war ein furchtbares Massaker.

Ich kam ungefähr ein Jahr später in den Ort, im Jahr 1968, und blieb eine Weile dank meiner Fähigkeiten als Zeichner. Denn unter anderem wollte ich immer zeichnen, doch war ich nie gut genug, um den offenen Raum zwischen mir und der Welt zu fühlen.

Die Kluft zwischen dem, was ich wollte, und dem, was ich konnte, war einfach zu groß, doch ein paar Sachen machte ich ganz gut, zum Beispiel das Zeichnen von Porträts. In Llallagua zeichnete ich alle Kinder der Bergarbeiter und machte die Plakate für den Karneval, für die öffentlichen Veranstaltungen, für all diese Dinge. Ich konnte gut mit Schrift umgehen, und deshalb nahmen sie mich freundlich bei sich auf, und ich verbrachte wirklich eine sehr schöne

Zeit bei ihnen, in jener eisigen Elendswelt, wo die Kälte die Armut noch viel schlimmer macht.
Dann kam der Abend des Abschieds. Die Bergarbeiter waren meine Freunde geworden und veranstalteten ein Abschiedsfest mit viel Alkohol. Wir tranken Chicha, so etwas wie Maisbier, und Singani, eine Art bolivianischen Grappa, der sehr köstlich, aber auch ein bisschen schrecklich ist. Da feierten wir also, sangen, erzählten Witze, einer schlechter als der andere, und ich wusste, dass sie um fünf oder sechs Uhr morgens von der Sirene zur Arbeit in der Mine gerufen werden würden, und dann wäre alles zu Ende, die Stunde des Adios war gekommen.
Als der Augenblick näher kam, umringten sie mich, als wollten sie mich wegen irgendetwas anklagen. Doch sie wollten mich wegen gar nichts anklagen, sie wollten mich bitten, ihnen zu erzählen, wie das Meer war. Sie sagten: »Jetzt erzähl uns mal, wie das Meer ist.«
Ich saß ein bisschen sprachlos da, weil mir dazu nichts einfiel. Die Bergarbeiter waren zu einem frühen Tod verurteilt, wegen der Silikose, der Staublunge, die sie tief drinnen in den Eingeweiden der Erde bekamen. Die Lebenserwartung in den Gruben lag zu jener Zeit bei 30, 35 Jahren, mehr nicht. Ich wusste, dass sie nie das Meer sehen würden, dass sie lange vor jeder Möglichkeit sterben würden, es zu sehen, weil sie außerdem die Armut dazu verurteilte, niemals aus diesem elenden Ort Llallagua herauszukommen. Deshalb hatte ich die Verantwortung, ihnen das Meer zu bringen, Worte zu finden, in die sie einzutauchen vermochten. Und

dies war meine erste Herausforderung als Schriftsteller, in der Gewissheit, dass das Schreiben schließlich und endlich zu etwas nütze ist.

ENGELCHEN GOTTES

Ich war auch einmal Kind, ein *Engelchen Gottes.*
In der Schule erzählte uns die Lehrerin davon, dass Balboa, der spanische Konquistador, von einem Berggipfel in Panama aus nach der einen Seite den Pazifik und nach der anderen den Atlantik gesehen hatte. Er war der erste Mensch, so sagte die Lehrerin, der diese beiden Ozeane gleichzeitig gesehen hatte.
Ich hob die Hand:
»Señorita, Señorita …!«
Und dann fragte ich:
»Waren die Indios denn etwa blind?«
Es war das erste Mal, dass ich aus dem Unterricht geworfen wurde.

WESHALB ICH SCHREIBE / 2

Wenn ich mich recht erinnere, war es Jean-Paul Sartre, der sagte:
»Schreiben ist eine nutzlose Leidenschaft.«
Man schreibt, ohne zu wissen, warum und wofür, doch angeblich hat es mit den Dingen zu tun, an die man im tiefsten Herzen glaubt, mit den Themen, die einem den Schlaf rauben.
Wir schreiben auf den Grundlage von ein paar Gewissheiten, die aber auch keine *Fulltime*-Gewissheiten sind. Mein Optimismus zum Beispiel hängt von der Tageszeit ab. Normalerweise bin ich bis zum Mittag ziemlich optimistisch. Danach, von 12 Uhr mittags bis nachmittags um vier, geht meine Seele auf Tauchstation. Gegen Abend erholt sie sich langsam wieder, und in der Nacht geht sie mehrfach auf und nieder, bis zum nächsten Morgen, und so geht es immer weiter …
Ich misstraue den *Fulltime*-Optimisten sehr. Mir scheint, sie sind das Ergebnis eines Irrtums der Götter.
Den Maya-Göttern zufolge wurden wir alle aus Mais gemacht, weshalb wir so viele unterschiedliche Farben haben wie der Mais. Doch zuvor hatten diese Götter ein paar klägliche Versuche unternommen, die ziemlich übel endeten. Einer davon hatte einen hölzernen Mann und eine hölzerne Frau zum Ergebnis.
Die Götter langweilten sich und hatten niemand, mit dem sie sich unterhalten konnten, denn diese Menschen sahen

zwar genauso aus wie wir, hatten aber nichts, was sie sagen konnten und wie sie es sagen konnten, denn sie hatten nicht den Mut zu atmen. Immer habe ich gedacht, wenn sie keinen Mut zu atmen hatten, dann hatten sie auch keine Mutlosigkeit. Die Mutlosigkeit ist der Beweis dafür, dass man auch Mut haben kann.
Und deshalb ist es auch nicht weiter schlimm, wenn einem mal die Seele am Boden hängt, weil es nur ein weiterer Beweis dafür ist, dass wir nur Menschen, Menschlein sind. Und als Menschlein, je nach Tageszeit hin- und hergerissen zwischen Mut und Mutlosigkeit, schreibe ich weiter, gebe mich dieser nutzlosen Leidenschaft hin.

RUHE BITTE!

Viel habe ich von Juan Carlos Onetti gelernt, dem uruguayischen Erzähler, als ich mit dem Handwerk begann. Er lehrte mich rauchend, das Gesicht zur Zimmerdecke gewandt. Er lehrte mich mit Schweigen oder Lügen, denn er verlieh seinen Worten, den wenigen, die er sagte, gern Bedeutung, indem er sie uralten Zivilisationen zuschrieb.
An einem dieser schweigsamen Abende mit Zigaretten und einem Wein, der sofortige Zirrhose auslöste, lag der Meister wie immer, ich saß neben ihm, und die Zeit verstrich, ohne sich auch nur um uns zu kümmern.
Und damit waren wir beschäftigt, als Onetti mir von einem chinesischen Sprichwort erzählte, das besagte:
»Die einzigen Wörter, die es verdient haben, zu existieren, sind die Wörter, die besser sind als das Schweigen.«
Ich vermute, dass dies kein chinesisches Sprichwort war, doch habe ich es nie vergessen.
Und ich habe auch nicht vergessen, was mir einmal eine Enkeltochter von Gandhi erzählte, als sie Jahre später zu Besuch in Montevideo war. Wir trafen uns in meinem Café, dem Café Brasilero, und dort, bei Erinnerungen an ihre Kindheit, erzählte sie mir, dass der Großvater sie das Fasten der Wörter gelehrt habe: An einem Tag in der Woche hörte und sagte Gandhi nichts. Nicht ein einziges Wort.
Am nächsten Tag klangen die Wörter ganz anders.
Das Schweigen, das spricht, indem es nichts sagt, lehrt zu sprechen.

DAS HANDWERK DES SCHREIBENS

Von Onetti lernte ich auch, welchen Genuss es bereitet, mit der Hand zu schreiben.

Mit der Hand bearbeite ich jede Seite wer weiß, wie viele Male, Wort für Wort, bis ich sie sauber mit dem Computer abschreibe, die letzte Fassung, die dann doch immer nur die vorletzte ist.

WESHALB ICH SCHREIBE / 3

Gleich zu Anfang ein Geständnis: Seit ich ein Säugling war, wollte ich Fußballer werden. Und ich war der Beste der Besten, die Nummer eins, doch nur im Traum, während ich schlief.

Wenn ich aufwachte, brauchte ich nur ein paar Schritte zu laufen und irgendein Steinchen zu kicken, und wusste sofort, dass der Fußball nicht meine größte Stärke war. Es lag auf der Hand: Mir blieb nichts übrig, als mir einen anderen Beruf zu suchen. Ohne viel Glück versuchte ich mich in verschiedenen, bis ich schließlich zu schreiben anfing, um zu sehen, ob mir da vielleicht etwas gelang.

Ich versuchte und versuche immer noch, in diesen düsteren Zeiten in der Dunkelheit zu fliegen, wie die Fledermäuse.

Ich versuchte und versuche immer noch, mit meiner Unfähigkeit klarzukommen, neutral zu sein, und mit meiner Unfähigkeit, objektiv zu sein, vielleicht, weil ich mich weigere, zum Objekt zu werden, gleichgültig gegenüber den menschlichen Leidenschaften.

Ich versuchte und versuche immer noch, die Frauen und Männer zu entdecken, die vom Willen zur Gerechtigkeit und vom Willen zur Schönheit getrieben sind, über die Grenzen der Zeit und der Geographie hinaus, denn sie sind meine Landsleute und meine Zeitgenossen, wo immer sie auch geboren sein mögen und wann immer sie auch gelebt haben mögen.

Ich versuchte und versuche immer noch, so dickköpfig zu sein, trotzdem und trotz allem zu glauben, dass wir, die Menschlein, ziemlich fehlerhaft gemacht sind, dass wir aber noch nicht ganz fertig sind. Und ich glaube auch und immer noch, dass der menschliche Regenbogen mehr Farben und mehr Glanz besitzt als der Himmelsregenbogen, doch dass wir zu blind, oder besser: von einer langen verstümmelnden Tradition blind gemacht sind, um es zu sehen.

Und schließlich und endlich und unterm Strich würde ich sagen, dass ich schreibend versuche, uns stärker zu machen als die Angst vor dem Irrtum oder der Strafe, wenn die Zeit gekommen ist, in der ewigen Schlacht zwischen den Würdelosen und den sich für ihre Würde Empörenden die Seite zu wählen.

Ich wollte,
ich will,
ich würde gern

AUS NEUGIER LEBEN

Das Wort *Enthusiasmus* kommt aus dem alten Griechenland und bedeutet: *die Götter in sich tragen.*

Wenn sich mir eine Zigeunerin nähert und meine Hand nehmen will, um meine Zukunft daraus zu lesen, dann zahle ich ihr das Doppelte, damit sie mich in Ruhe lässt: Ich weiß mein Schicksal nicht und will es auch nicht wissen.

Ich lebe und überlebe aus Neugier.

Ganz einfach so. Ich weiß nicht, welche Zukunft mich erwartet, und will es auch nicht wissen. Das Beste an meiner Zukunft ist, dass ich sie nicht kenne.

LETZTE TÜR

Nachdem sie sich ein letztes Mal hingelegt hatte, wollte Guma Muñoz nicht mehr aufstehen.
Sie öffnete nicht einmal mehr die Augen.
Bei einem ihrer seltenen Erwachen erkannte Guma ihre Tochter, die ihr die Hand hielt, um ihr zu einem ruhigen Schlaf zu verhelfen.
Dann sprach sie oder murmelte, besser gesagt:
»Seltsam, nicht? Früher hat der Tod mir Angst gemacht. Jetzt nicht mehr. Jetzt macht er mich neugierig. Wie er wohl sein mag?«
Und mit der Frage, wie er wohl sein mag, ließ sie sich forttreiben, dem Tod entgegen.

ALPTRÄUME

Der Berg hat es einem Freund erzählt, und der hat es mir weitererzählt.

Er kletterte und kletterte, mühte sich seit wer weiß, wann, kam aber nicht voran, und stieg weiter bergauf, Schritt für Schritt, und mit jedem Schritt wurde der Berg immer höher und die Beine immer schwächer.

»Aufgeben verboten«, sagte er, befahl er sich selbst so leise, dass es schien, als schwiege er; und stieg weiter und weiter.

Und je näher er dem Gipfel kam, umso mehr wuchs seine Angst vor dem Danach, das nach ihm rief, von der tiefen Ferne aus.

Und schließlich ließ er sich fallen, ließ sich davontragen. Die Schlucht, in der er fiel, nahm kein Ende.

Zurück blieb die Welt, seine Welt, seine Leute, und auch wenn es eine Sache des Schicksals war, konnte er nicht umhin, sich selbst zu beschimpfen, »Flasche, Feigling«. Und er war schon fast am Ende der letzten Reise angelangt, als seine Hände, von den Felsen und den Dornen zerstört, den Halt verloren, und er fortgerissen wurde: fortgerissen ins Niemals, ohne Adios zu sagen.

AM ENDE JEDES TAGES

Die Sonne schenkt uns ein Adios, das immer erstaunlich ist, nie wiederholt sie den Untergang von gestern noch den von morgen.
Sie ist die Einzige, die auf so wunderbare Weise von uns geht.
Es wäre eine große Ungerechtigkeit, sterben zu müssen und sie nicht mehr zu sehen.

AM ENDE JEDER NACHT

Ein Maya-Gott empfängt die aufgehende Sonne.
Er nimmt sie auf seinen Rücken, bringt sie zu sich nach Hause im Lacandonenurwald, gibt ihr Bohnen, Tortillas, Sardinen und Kürbiskerne zu essen und schenkt ihr Kaffee ein.
Und wenn es Zeit wird, Adios zu sagen, bringt sie derselbe Gott wieder an den Horizont, zur Hängematte, wo sich die Sonne schlafen legt.

LEBEN, STERBEN

Ich schicke Ihnen dieses Foto von mir für meine Tochter, die weit weg von hier ist. Ich möchte, dass sie mich besuchen kommt, und wenn sie bei mir ist, möchte ich vor ihren Augen sterben.
Ich bin ja schon alt und krank. Ich gehe schon mit dem Wind einher.«

(Die Worte eines Indigenen der Guaraní in Bolivien,
aufgeschrieben von David Acebey)

ICH WOLLTE, ICH WILL, ICH WÜRDE GERN

In Schönheit möge ich schreiten.
Schönheit möge vor mir sein
und Schönheit hinter mir
und unter mir
und über mir
und rings um mich her möge Schönheit sein
einen ganzen Weg der Schönheit entlang
der in Schönheit enden möge.

(Aus dem *Gesang der Nacht* des Navajo-Volkes)

NACHWORT DES ÜBERSETZERS

Schicke dein Feuer bis zum Schluss!

Wie für so viele meiner Generation begann die Beschäftigung mit Lateinamerika zur Zeit der Regierung der Unidad Popular in Chile. Die Bilder der Bomben auf die Moneda, die den Versuch gesellschaftlicher Veränderung durch demokratische Wahlen brutal zunichte machten, löste kalte Wut aus. Fortan trat das Engagement in der Hochschulpolitik zurück gegenüber dem in der Solidaritätsbewegung mit den kämpfenden Völkern Lateinamerikas im Jahrzehnt der Militärdiktaturen.

Das wichtigste Buch überhaupt, um nicht »Bibel« zu sagen, war Eduardo Galeanos »Offene Adern Lateinamerikas«. Kein wissenschaftliches Werk, sondern das engagierte Sachbuch eines Journalisten, das es schon durch die Fülle der historischen, sozialen und politischen Fakten schaffte, ein klares Bild von der gnadenlosen Ausbeutung des Subkontinents zu zeichnen. Ein journalistisches Meisterstück, das die Tatsachen für sich sprechen lässt und allein dadurch den Leser dazu bringt, Schlüsse zu ziehen und Partei zu ergreifen. Damals hätte ich nie gedacht, dass Galeano einmal ein Freund werden würde, dessen Bücher ich in ihren deutschen Ausgaben betreuen und dann auch übersetzen sollte. Als ich nach dem Studium das Lektorat im Wuppertaler Peter Hammer Verlag übernahm, hatte Galeano im katalanischen Exil gerade den ersten Band der »Erinnerungen an das Feuer – Geburten« fertig gestellt, ein Monumentalwerk, in dem er die Geschichte Lateinamerikas in Quellen und Dokumenten nacherzählt. Hermann Schulz hatte als junger Verleger Galeano Ende der 1960er Jahre in San José getroffen und die »Offenen Adern Lateinamerikas« in den Peter Hammer Verlag geholt. Monika López hatte den ersten Band der als Trilogie angelegten »Memorias« übersetzt, mir fiel es zu, daraus ein Buch zu machen.

Was mich sofort beeindruckte, was sich auch gegenüber den »Adern« verändert, entwickelt hatte, war Galeanos Fähigkeit, einen Sachverhalt, eine Situation, Begebenheit oder Geschichte so auf den Punkt zu bringen, dass eine extreme Verdichtung zustandekommt: Was für den Leser mit großer Leichtigkeit aufs Papier geworfen erscheint, ist in Wahrheit Ergebnis harter Arbeit des Feilens und Polierens, bis alles Überflüssige aus dem Text verschwunden ist, alles Wesentliche aber erhalten bleibt. Die Entstehung der Geschichte von Camila O'Gorman und dem Priester Ladislao Gutiérrez aus dem zweiten Band der »Erinnerung an das Feuer«, die Galeano im vorliegenden Buch erzählt, legt beredtes Zeugnis davon ab. Galeano, der so sprachgewaltig war, konnte Geschwätzigkeit nicht ausstehen. Hohle Phrasen, falsches Pathos waren ihm stets ein

Gräuel. So gelang es ihm meisterhaft, eine perfekte Balance zu schaffen, in der die Dinge, die Wirklichkeit von allein zum Klingen kommt: Der Leser konstruiert die Geschichte in all ihren Einzelheiten in seinem Kopf und zieht seine Schlüsse selbst.

Natürlich bedarf es dazu einer unglaublichen Präzision im Ausdruck, die den Übersetzer durchaus vor Herausforderungen stellt: Galeano liebte es, Neologismen zu kreieren, den Wörtern einen neuen, ungewöhnlichen Sinn zu geben – oder einen anderen, besseren als den bekannten aus ihnen herauszuholen. Da findet man bei ihm Begriffe wie: »gente sentipensante, que no separa la razón del corazón«, also auf Deutsch ungefähr: »denkend-fühlende Menschen, die die Vernunft nicht vom Herzen trennen.« Aber natürlich ist »Vernunft-Herz« nicht das Gleiche wie »razón-corazón«, und für den deutschen Leser gehen solche Konnotationen und Subtilitäten unweigerlich verloren – man mag das dem Übersetzer verzeihen.

Ich habe dieses Zitat nicht zufällig gewählt, denn tatsächlich war die Verbindung von Herz und Verstand kennzeichnend für Galeanos Werk und seine Art, die Welt zu sehen, sei es, wenn er über die Geschichte seines Kontinents oder der Welt schrieb, wahrhafte »Geschichte von unten«, sei es, wenn er einfach Geschichten aus dem Leben der Menschen, der »kleinen Leute« erzählte wie die folgende aus »Zeit, die spricht«, anrührend in ihrer ganzen Schlichtheit:

Der Jaccarandá-Baum

Nachts schleppte Norberto Säcke im Hafen von Buenos Aires.
Am Tag baute er, fern des Hafens, dieses Haus. Blanca reichte ihm die Ziegel und die Eimer mit dem Mörtel an, und so wuchsen die Wände um den ungepflasterten Innenhof.
Dieses Haus war halb fertig, als Blanca vom Markt einen Jaccarandá-Baum mitbrachte. Es war ein kleiner Baum, sie hatte ein Heidengeld dafür bezahlt, Norberto fasste sich an den Kopf:
»Du bist verrückt«, sagte er. Und half ihr, ihn zu pflanzen.
Als das Haus fertig war, starb Blanca.
Die Jahre sind vergangen, und Norberto geht nur noch wenig aus dem Haus. Einmal in der Woche fährt er ins Stadtzentrum und trifft sich mit anderen Alten, die demonstrieren, weil die Rente ein Fliegendreck ist, der nicht mal reicht, den Strick zu kaufen, um sich damit aufzuhängen.
Wenn Norberto spät am Abend heimkommt, wartet der Jaccarandá-Baum auf ihn.

So hat er ja viele Geschichten geschrieben, von berühmten, weniger berühmten und, wie hier zitiert, ganz unbekannten Leuten, er war ein wahrhaftiger »Geschichtenjäger«, der einen unfehlbaren Blick für das Tragische und das Komische

dieser Welt besaß und immer auf der Seite der Schwachen und Unterdrückten stand, der Verlierer.
Das Buch von Eduardo, das ich vor diesem letzten übersetzte, war »Los hijos de los días«, »Kinder der Tage«. Es endet mit einem Satz, dem letzten Satz des letzten Textes des Buches, der exemplarisch für Eduardos Leben und Werk stehen kann: »Schicke Dein Feuer bis zum Schluss.« Genau das hat Eduardo Galeano getan. Dieses posthum erscheinende Buch legt noch einmal auf fulminante Weise Zeugnis davon ab.

Lutz Kliche

REGISTER

N

O

INHALT

Eduardo Hughes Galeano, 1940 in Montevideo/Uruguay geboren, starb 2015 in seinem Geburtsort. Der Journalist, Essayist und Autor unorthodoxer Geschichtswerke war eine Galionsfigur der linken Intellektuellen Lateinamerikas. Für seine literarische Arbeit erhielt er u.a. den Preis der „Casa de las Americas“ und den „American Book Award“. Er war Ehrendoktor der Universitäten La Paz, Havanna und Neuquén/Argentinien. Fast sein gesamtes Werk in deutscher Sprache erschien im Peter Hammer Verlag, darunter auch die „Offenen Adern Lateinamerikas“.

Die Originalausgabe erschien 2016 unter dem Titel „El cazador de historias“ bei Siglo XXI de España Editores, Madrid.
Die Innenillustrationen sind Collagen von Eduardo Galeano, inspiriert durch unbekannte Künstler und durch Werke von April Deniz, Ulisse Aldrovandi, William Blake, Albrecht Dürer, Theodor de Bry, Edward Topsell, Enea Vico, Pieter Brueghel der Jüngere, Hieronymus Bosch, J.J. Grandville, Collin de Plancy und Jan van Eyck.

FSC
www.fsc.org
MIX
Papier aus verantwortungsvollen Quellen
FSC® C014138

Lektorat: Karin Gleixner
Umschlaggestaltung: Magdalene Krumbeck
Satz: Graphium Press, Wuppertal
Druck: Finidr, s.r.o.
ISBN 978-3-7795-0586-0
www.peter-hammer-verlag.de